네 사람의 서명

네 사람의 서명

초판 1쇄 인쇄 2022년 9월 10일
초판 1쇄 발행 2022년 9월 15일

지은이 아서 코난 도일
옮긴이 김영진
펴낸이 남기성

펴낸곳 주식회사 자화상
인쇄,제작 데이타링크
출판사등록 신고번호 제 2016-000312호
주소 서울특별시 마포구 월드컵북로 400 서울산업진흥원 201호
대표전화 (070) 7555-9653
이메일 sung0278@naver.com

ISBN 979-11-91200-65-2 03840

네 사람의 서명

아서 코난 도일 지음
김영진 옮김

자화상

| 차례 |

홈즈의 추리학

셜록 홈즈는 섬세해 보이는 손가락으로 벽난로 위 선반 구석에 항상 놓여 있던 병을 집어든 후 모로코산 가죽 케이스에서 피하 주사기 하나를 꺼내 병에 든 약물을 채웠다. 그리고 바늘 끝을 만지는가 싶더니 셔츠 왼쪽 소매를 걷어 올렸다. 생각에 잠긴 홈즈는 시선을 내려 여기저기 수많은 주삿바늘 자국이 있고 힘줄이 불거진 팔뚝과 손목을 보았다. 잠시 후 날카로운 바늘을 팔뚝에 찌르고 조그만 피스톤을 눌렀다. 그러고는 만족스러운 듯이 한숨을 훅 내쉬며 벨벳 쿠션을 씌운 기다란 의자에 몸을 깊숙이 묻었다.

나는 이런 홈즈의 행동을 지난 몇 달 동안 하루에 세 번씩 보았는데, 아무리 보아도 볼 때마다 마음이 편치 않았고 날이 갈수록 초조함만 더해갔다. 매일 밤, 충고를 건넬 만한 용기가 없는 나 자신에 자괴감이 들어 밤잠을 설쳤다. 이 문제에 대한 내 생각을 그에게 전해야겠다고 여러 번 다짐했다. 하지만 냉정하고 남을 얕보는 듯한 홈즈의 태도로 보아, 친구로서 허물없이 건네는 충고 따위 결코 받아들이지 않을 것 같았다. 더군다나 지금껏 뛰어난 추리력을 수없이 발휘해온 능력자가 자신감 넘치는 모습으로 유유히 앉아 있으니, 괜히 주눅이 들어서 더더욱 그의 행동을 저지하기가 어려웠다.

하지만 그날 오후에는 내 인내심이 한계에 다다르고 말았다. 점심때 마신 와인 때문인지 아니면 너무나도 차분한 그의 태도 때문인지 모르겠지만, 더는 참을 수 없어 홈즈에게 소리쳤다.

"도대체 오늘은 뭔가? 모르핀? 코카인?"

홈즈는 펼쳐 들고 있던 낡은 책에서 나른한 시선을 들며 말했다.

"코카인일세. 순도 7퍼센트 용액이지. 자네도 한번 해보겠나?"

나는 무뚝뚝하게 대답했다.

"아니, 사양하겠네. 아프가니스탄에서 돌아온 뒤 아직 체력이 회복되지 않았거든. 몸에 괜한 부담을 주기는 싫네."

내 격렬한 어조에 홈즈는 가만히 웃으며 말했다.

"자네 말이 맞네. 틀림없이 몸에 나쁜 영향을 끼칠 거야. 하지만 정신적인 각성 효과는 대단하다네. 부작용 같은 건 문제가 안 되지."

대수롭지 않게 생각하는 그에게 나는 진지한 표정으로 말했다.

"하지만 결과가 어떻게 될지 생각해보게! 자네 말대로 머릿속은 자극을 받아 맑아질지 모르겠지만, 그건 부자연스럽고 병적인 과정일 뿐이야. 결국에는 격렬한 조직 변화로 걷잡을 수 없이 쇠약해지고 말 걸세. 어떤 좋지 않은 반응이 일어나는지는 이미 잘 알려져 있잖나. 그것을 감수할 만한 가치가 없음도 확실하고 말이야. 자네는 왜 한순간의 쾌락을 위해 타고난 재능을 잃을 우려가 있는 일을 하는 건가? 단지 친구로서 하는 말이 아니라 의사로서 하는 말이야. 부디 새겨듣게나."

뜻밖에도 홈즈는 내 말을 듣고도 별로 마음이 상한 것 같지 않았다. 의자 팔걸이에 팔꿈치를 올려놓고 두 손을 마주 댄 그의 모습은 오히려 대화를 즐기려는 태도에 가까웠다.

"나는 머릿속이 멈춰 있는 걸 아주 싫어한다네. 어떤 것이든 문젯거리가 필요해. 일거리가 필요하다는 말이지. 그러니 세상에서 가장 어려운 암호문, 가장 복잡한 화학 분석 재료라도 가져다주게. 일거리가 있으면 평소의 나로 돌아갈 수 있을 걸세. 그럼 약물도 맞을 필요가 없지. 이렇게 아무런 변화도 없는 나날이 이어지면 따분해서 견딜 수가 없다네. 나는 가슴이 뛰는 일을 원해. 그래서 이런 특수한 직업을 선택한 거네. 아니, 선택했다기보다는 창조했다고 해야겠군. 이런 직업을 가진 사람은 세상에 나밖에 없을 테니."

"자네가 유일한 사립 탐정이란 말인가?"

나는 눈썹을 치켜 올리며 물었다.

"세상 유일한 '자문 사립 탐정'이지. 범죄 수사계의 대법관이자 대법원이랄까. 그렉슨, 레스트레이드, 애설니 존스와 같은 형사들이 사건을 수사하다가 막히면 나를 찾아오니까 말일세. 뭐, 그들의 수준이 그 정도이니 어쩔 수 없네만."

홈즈는 어깨를 으쓱하며 이어 말했다.

"아무튼 나는 여러 가지 증거를 노련한 솜씨로 살펴본 다음 전문가적 견해를 제시한다네. 하지만 절대로 명성을 추구하지는 않네. 신문에 내 이름이 오르내리는 일은 없어. 나의 특출한 능력을 실전에 발휘하는 즐거움 자체가 내게는 더할 나위 없는 보수인 셈일세. 자네도 제퍼슨 호프 사건을 겪어봐서 잘 알고 있겠지?"

"그래. 잘 알고 있지."

나는 그의 말에 진심으로 수긍하며 이어 말했다.

"태어나서 지금까지 그처럼 강렬한 인상을 받은 적은 없었다네. '진홍빛 연구'라는 조금 특이한 제목으로 책까지 냈을 정도니까."

그런데 웬일인지 홈즈는 씁쓸한 표정으로 고개를 저었다.

"그 책은 나도 잠깐 읽어보았네. 하지만 솔직히 말해서 진심으로 칭찬하고 싶은 마음은 안 들더군. 탐정의 일이란 엄밀한 과학이야. 과학이 아니면 안 되는 걸세. 따라서 과학과 마찬가지로 감정이 섞이지 않은 냉정한 시선으로 바라봐야 하는데, 자네는 거기에 소설적인 요소를 더해놓았더군. 그 때문에 마치 유클리드 기하학의 다섯 번째 정의에 연애나 사랑의 도피 같은 로맨스를 가미한 꼴이 되어버리고 말았어."

"하지만 거기에는 실제로 로맨스도 있지 않았는가? 사실을 왜곡할 수는 없네."

내가 홈즈를 바라보며 볼멘소리를 하자 그가 대꾸했다.

"버려야만 하는 진실도 있는 법이지. 적어도 사실을 다룰 때에는 올바른 균형 감각에 따라야 한다네. 그 사건에서 꼭 말해두어야 할 단 한 가지 사실은, '결과에서 원인을 밝혀내는 분석적 추리법'이라네. 나는 그 추리법으로 그 사건을 해결한 거고."

그 누구보다도 홈즈를 기쁘게 해주기 위해 아주 신경 써서 쓴 작품인데, 이런 식으로 비판당하자 속이 상했다. 사실대로 말하자면, 내가 쓴 소책자의 문장 전부를 자신에 관한 내용으로 채워주기를 바라는 사람처럼 자만심 넘치는 태도에 짜증이 났다. 아니, 화가 치밀어 올랐다.

베이커가에서 함께 생활하게 된 이후, 홈즈의 조용하고 남을 가르치려는 태도 속에 약간의 허영심이 깔려 있음을 알아차린 적이 한두 번이 아니었다. 하지만 나는 아무 말도 하지 않고 부상당했던 다리를 주무르며 의자에 앉아 있었다. 예전에 지자일 탄환이 뚫고 지나간 다리는, 걷는 데에는 지장이 없었지만 날씨가 조금만 궂어도 견딜 수 없는 통증이 밀려오곤 했다.

잠시 후, 홈즈는 낡은 브라이어 파이프에 담배를 꾹꾹 눌러 담으며 말했다.

"최근에 나는 활동 범위를 대륙으로까지 넓혔네. 지난주에는 프랑수와 르 발라르가 조언을 구하러 왔지. 자네도 알겠지만, 그는 최근 프랑스 탐정계에서 가장 두각을 나타내는 인물이야. 켈트인답게 직관력이 날카롭고 뛰어나지만 나처럼 고도로 탐정 일을 수행하기에는 폭넓고 정밀한 지식이 부족하다네."

"무슨 사건에 대한 자문을 구하던가?"

"어떤 유언장에 관한 자문이었는데, 흥미를 끄는 점이 몇 가지 있더군. 나는 아주 비슷한 두 가지 사건, 즉 1857년에 리가에서 일어났던 사건과 1871년에 세인트루이스에서 일어났던 사건을 참고하라고 일러주었는데, 그게 문제 해결에 상당한 도움을 준 모양이야. 오늘 아침에 고맙다는 편지를 받았네."

그렇게 말하면서 홈즈는 국제우편 소인이 찍힌 꼬깃꼬깃한 편지 한 통을 내밀었다. 언뜻 읽어보아도 '훌륭한 추리', '뛰어난 재능', '숙련된 능력' 등의 미사여구로 온갖 찬사를 늘어놓은 것을 보니, 이 프랑스인이 얼마나 홈즈를 찬양하는지 알 수 있었다.

"마치 제자가 선생님에게 보내는 편지 같군."

"그러게 말이야. 잠깐 도와준 걸로 나를 너무 높이 평가하는 것 같아."

홈즈는 덤덤한 목소리로 말했지만 얼굴은 한껏 들떠 있었다.

"그에게도 소질은 있어. 이상적인 탐정에게 필요한

세 가지 조건 중 두 가지는 확실히 갖추고 있거든. 그에게는 관찰력과 추리력이 있네. 다만 지식이 조금 부족한데, 그것도 시간이 지나면 나아지겠지. 그 사람은 지금 내가 쓴 하찮은 글을 프랑스어로 번역하고 있다네."

"자네 책을?"

"저런, 모르고 있었군."

홈즈는 껄껄 웃으며 큰 소리로 이어 말했다.

"실은 심심풀이로 쓴 논문이 몇 개 있다네. 모두 전문적인 문제에 관한 것이지. 예를 들어 '다양한 담뱃재의 구별'이라는 논문은 총 140여 종의 시가, 궐련, 파이프 담배 등을 열거한 다음, 각 담뱃재의 차이를 컬러 그림과 함께 설명했다네."

"그렇게 할 정도로 담뱃재가 중요한가?"

"물론일세. 담뱃재는 형사 재판에서 언제나 문젯거리가 되는 데다 중요한 단서인 경우도 종종 있거든. 예를 들어 어떤 살인 사건의 범인이 인도산 룬카를 피운다는 사실이 확인된다면, 그것만으로도 수사 범위는 상당히 좁아지지 않겠나."

"그렇겠지. 하지만 담뱃재를 구별하는 게 쉬운 일은 아닐 텐데?"

"일반인에게는 그렇겠지. 하지만 나처럼 숙련된 사람

에게는 트리치노폴리의 검은 재와 버즈아이(잎 중앙의 맥 부분도 함께 썰어 만든, 새의 눈과 같은 반점이 있는 담배)의 하얀 솜털 같은 재를 구별해내는 게 양배추와 감자를 구별해내는 것만큼 간단한 일이라네."

"자네는 사소한 일에도 비상한 재능이 있군."

내 말에 홈즈는 만족스러운 미소를 지으며 말했다.

"나는 다만 사소한 일의 중요성을 알 뿐이네. '발자국 추적'에 관한 논문도 있는데, 석고를 사용해 발자국을 보존하는 방법까지 설명해놓았지. 그뿐만 아니라 '직업이 손의 모양에 미치는 영향'을 조사한 좀 특이한 논문도 있는데, 슬레이트공, 뱃사람, 코르크를 자르는 사람, 조판을 짜는 사람, 직조공, 다이아몬드를 연마하는 사람 등의 손 모양이 석판으로 인쇄되어 있네. 과학적인 탐정 일에—특히 시체가 신원불명인 경우나 범죄자의 전과를 확인할 경우 등에—커다란 도움이 되지. 미안하네. 너무 내 얘기만 해서 좀 지루하지?"

"천만에. 아주 흥미로운걸."

나는 두 손을 내저으며 이어 말했다.

"더구나 나는 자네가 그런 지식을 실제로 응용하는 걸 종종 보았으니까. 그런데 자네는 아까 탐정에게 관찰력과 추리력이 필요하다고 했는데, 그 둘은 어느 정도 비슷한 능력이지 않나?"

"아니, 전혀 다르네."

의자에 몸을 파묻어 자세를 편하게 한 홈즈가 담배 연기를 내뿜었다. 짙푸른 파란 연기가 빙글빙글 맴돌며 허공으로 올라갔다.

"예를 들어보겠네. 난 자네가 오늘 아침에 위모어가에 있는 우체국에 다녀온 사실을 알고 있어. 이건 관찰을 통해서 알아낸 정보이지. 또 자네가 전보를 치고 왔다는 사실도 알고 있어. 하지만 이건 추리를 통해 알아낸 정보야."

"맞네! 둘 다 맞아! 그런데 어떻게 그런 것까지 알아낸 거지? 오늘 아침에 갑자기 생각나서 아무한테도 말하지 않고 갔다 왔는데."

홈즈는 놀라는 내가 재미있다는 듯이 웃으면서 말했다.

"아주 간단한 일일세. 너무 간단해서 설명할 필요도 없지만, 관찰과 추리의 차이를 확실히 하는 데는 도움이 될걸세. 내가 관찰한 바에 의하면, 자네의 구두 끝에 붉은 흙이 조금 묻어 있었네. 위모어가 우체국 맞은편은 지금 보도블록을 뜯어내고 있어서 흙이 파헤쳐져 있는데, 우체국에 가려면 반드시 그 흙 위를 밟고 지나가야 하네."

"하지만 다른 곳의 흙을 밟았을 수도 있지 않나?"

"그 조금 특이한 붉은 흙은 이 부근의 다른 곳에서는 볼 수 없네. 여기까지는 관찰이지. 그 나머지는 추리라고 할 수 있을 걸세."

"그렇다면 내가 전보를 치고 왔다는 것을 어떻게 추리해낸 거지?"

"오늘 아침에 자네가 편지를 쓴 적이 없다는 사실을 알고 있기 때문이지. 나는 내내 자네와 마주 보고 앉아 있지 않았는가? 그리고 열려 있는 자네의 책상 서랍에 우표와 엽서가 남아 있는 게 고스란히 보였네. 전보를 치기 위한 게 아니라면 뭐 하러 우체국에 갔겠나? 다른 요인들을 전부 제하고 나면 마지막에 남는 건 진실뿐일세."

나는 잠시 생각에 잠겼다가 대답했다.

"틀림없이 이번 경우는 자네 말이 맞네. 하지만 자네 말대로 문제가 너무 간단한 것 같군. 이번에는 좀 더 어려운 문제로 자네의 이론을 시험해보고 싶은데, 괜찮겠나?"

홈즈가 대답했다.

"괜찮을 뿐인가? 그렇게 해준다면 코카인을 한 번 더 맞지 않아도 되겠어. 어떤 문제든 내주게나. 기꺼이 풀어보겠네."

"좋아. 음, 자네가 언젠가 그랬지? 그것이 무엇이든

사람이 매일 사용하는 물건에는 반드시 주인의 개성이 각인되기 때문에 숙련된 관찰자라면 그것을 알아낼 수 있다고 말이야."

"물론이지."

"자, 여기 내가 최근에 손에 넣은 회중시계가 있네. 전에 이걸 가지고 있던 사람의 성격과 습관 등에 대한 자네의 생각을 말해줄 수 있겠나?"

나는 홈즈에게 시계를 건네주면서 속으로 쾌재를 불렀다. 이 시험에는 도저히 합격할 수 없으리라고 생각했기 때문이다. 잘난 척을 자주 하는 홈즈의 코를 이번 기회에 납작하게 해주어야겠다는 생각도 있었다.

홈즈는 시계를 손바닥에 얹어 무게를 가늠해보더니 가만히 문자판을 들여다보았다. 그리고 이내 뒤쪽 뚜껑을 열어 내부를 살펴본 후 성능 좋은 돋보기로 자세히 조사했다. 마지막으로 뚜껑을 닫고 내게 돌려주었는데, 나는 그의 시무룩해하는 표정을 보고는 절로 미소가 지어졌다.

"쓸 만한 정보가 거의 없군. 최근에 시계를 분해해서 청소한 모양이야. 단서가 될 만한 것이 전부 사라져버렸어."

"바로 그렇다네. 깨끗이 소제된 뒤 내게로 넘어왔거든."

나는 궁색한 변명으로 위기를 모면하려는 홈즈를 마음속으로 비난했다.

'시계가 소제되지 않았다 한들 무엇을 알아낼 수 있겠어?'

"그렇다고 해서 아무것도 알아낸 게 없다는 말은 아닐세. 만족할 만큼은 아니지만."

홈즈는 꿈꾸듯 멍한 시선으로 천장을 올려다보며 이어 말했다.

"틀린 곳이 있으면 바로잡아주게나. 이 시계는 자네의 형님이 아버님께 물려받았던 것이라고 생각되네."

"뒤에 'H. W.'라고 새겨진 걸 보고 알아낸 거겠지?"

"맞아. W는 자네의 성이니까. 시계가 만들어진 건 거의 50년 전이고, 'H. W.'라는 글자도 비슷한 시기에 새겨졌지. 이런 귀금속류는 장남이 물려받는 게 일반적인 풍습이고, 그 장남에게는 대체로 아버지와 같은 이름이 주어지지. 자네 아버님이 돌아가신 지도 오래됐다고 했으니, 이 시계는 자네의 맏형님께서 가지고 계셨겠지."

"거기까지는 맞았네. 그 외에 알아낸 건 없나?"

"형님은 조심성이 없군. 야무진 구석이라고는 조금도 찾아볼 수 없는 사람이야. 상당한 재산을 물려받아 앞길이 원만했는데도 여러 번 좋은 기회를 놓쳐버려 가난해졌어. 형편이 좋은 때도 있었지만 결국에는 술독에 빠져 돌아가셨군. 내가 알아낸 건 이 정도야.”

기분이 언짢아진 나는 자리에서 벌떡 일어나 다리를 절룩이며 방 안을 서성였다.

“홈즈! 정말 실망이네. 자네가 이런 비열한 짓을 할 거라곤 꿈에도 몰랐네. 자네는 이미 예전에 우리 형님의 과거를 알아본 게 틀림없어. 그걸 지금 기발한 방법으로 추리해낸 듯 연기하고 있고! 이 모든 사실을 형님의 낡은 시계에서 알아냈다고? 내가 믿을 것 같나? 나를 속이다니, 이렇게 몰인정할 수가! 솔직히 말해서 이건 추리가 아니라 사기에 가깝다는 생각이 드네.”

“왓슨, 미안하네.”

홈즈가 조용한 목소리로 이어 말했다.

“이 문제에 대해 추상적으로만 생각하다 보니, 이 시계가 자네에게는 가슴 아프고 슬픈 추억이라는 사실을 잠시 잊었네. 하지만 이것만은 믿어주게. 나는 자네가 아까 시계를 건네주기 전까지는 자네에게 형님이 계셨다는 사실조차 몰랐다네.”

“그게 말이 되는 소리인가? 그럼 대체 우리 형님에 관한 이야기는 어떻게 알아냈단 말인가? 방금 자네가 한 말은 모두 사실이란 말일세.”

"그건 운 좋게 들어맞은 거지. 나는 단지 추리했을 뿐이라네. 나도 그렇게까지 정확했으리라고는 생각하지 못했네."

"그래도 단순한 추측은 아니었겠지?

내 질문에 홈즈는 단호하게 고개를 가로저었다.

"전혀. 나는 추측은 하지 않네. 추측하는 나쁜 습관이 몸에 배면 논리적으로 사고하는 힘을 잃어버리거든. 자네가 의아해하는 이유는 내가 어떤 과정을 통해서 그렇게 생각했는지를 모를 뿐만 아니라 넓은 범위를 추리하는 데 근거가 되는 조그만 사실들을 못 보기 때문이야. 예를 들어 나는 우선 자네 형님이 조심성이 없는 사람이라고 했지. 그 시계의 뒷면을 보면 찌그러진 곳이 두 군데나 있을 뿐 아니라 동전이나 열쇠와 같은 딱딱한 물건과 같이 주머니에 넣는 습관이 있었는지 곳곳에 흠집이 나 있네. 50기니나 하는 시계를 그처럼 험하게 다루는 걸 보면 틀림없이 부주의한 사람일 테지. 그리고 이렇게 비싼 물건을 물려받은 사람이라면 다른 유산도 상당할 거라는 생각이 결코 지나친 추리는 아닐 걸세."

나는 그의 추리가 맞았다는 뜻으로 고개를 끄덕여 보였다.

"영국의 전당포에서는 시계를 맡길 때 핀 끝으로 안쪽 뚜껑에 전당포의 번호를 새겨놓는 게 일반적인 관습이라네. 그렇게 해놓으면 번호를 잊어버리거나 다른 시계와 뒤바뀔 염려가 없으니 꼬리표를 붙이는 것보다 훨씬 편리하지. 돋보기로 보았더니, 뒷면에 그런 번호가 무려 네 개나 있었다네. 그래서 우선 자네 형님은 금전적으로 쪼들린 적이 많았을 것이라고 생각했지. 그다음으로 생각할 수 있는 건, 자네 형님은 갑자기 형편이 좋아진 적이 종종 있었다는 사실이지."

"다시 경제 형편이 나아졌다고 추리한 근거는?"

"그렇지 않고서야 전당포에 맡겼던 물건을 다시 찾을 수는 없었을 테니까. 마지막으로, 태엽 감는 구멍이 있는 안쪽 뚜껑을 보게나. 구멍 주위가 온통 긁힌 자국투성이지? 열쇠가 부딪쳐서 생긴 자국이라네. 맨 정신이라면 이런 흠집을 낼 리가 없지. 하지만 늘상 술에 취해 있는 사람의 시계는 대부분 이렇다네. 취해서 떨리는 손으로 태엽을 감아서 이런 자국을 내고 말지. 지금까지 말한 것 중에서 뭐 이상한 점이라도 있나?"

홈즈의 질문에 내가 겸연쩍게 대답했다.

"명확하게 납득했어. 오해해서 미안하네. 자네의 뛰어난 재능을 좀 더 믿었어야 했는데."

"괜찮네. 자네의 기분을 배려하지 못한 내 탓도 있었으니."

"그나저나 오늘은 현장 조사 나갈 일이 없나?"

"한 건도 없다네. 그래서 코카인을 맞는 거지. 나는 한시라도 머리를 쓰지 않으면 살아 있는 것 같지 않아. 그럴 일이 없다면 살아가는 보람이 없어."

홈즈는 짧은 한숨을 내쉬며 창가로 다가가 이어 말했다.

"여기서 밖을 좀 내다보게. 이토록 어둡고 우울하고 시시한 세상이 또 어디 있나. 저기 누런 안개가 거리를 맴돌며 검게 그을린 집 언저리를 감돌고 있는 걸 보게나. 이처럼 삭막하고 황량한 세상이 또 어디 있나. 제아무리 훌륭한 재능을 타고났다 해도 그것을 펼쳐 보일 무대가 없다면 아무짝에도 쓸모없는 것이지. 그저 그렇고 그런 범죄, 그렇고 그런 생활…. 모든 것이 너무나도 평범해서 지루하기 짝이 없다네."

홈즈가 넋두리처럼 토해내는 말에 내가 막 뭐라고 대꾸하려는 순간, 문을 두드리는 소리가 나더니 하숙집 여주인이 명함 한 장이 놓인 놋쇠 쟁반을 들고 들어왔다.

"젊은 아가씨가 와 계시는데요."

"메리 모스턴 양이라…."

홈즈가 명함을 보며 중얼거리더니 이어 말했다.

"기억에 없는 이름인데…. 올려보내세요, 허드슨 부인. 나가지 말게, 왓슨. 자네가 함께 있는 것이 낫겠어."

기묘한 실종 사건

방 안으로 들어서는 모스턴 양은 상당히 우아한 여성이었다. 꼿꼿이 편 허리며 기품 있는 걸음걸이까지 어느 것 하나 흠잡을 데가 없었다. 하지만 옷차림이 검소하고 장식이 없는 것을 보면, 형편이 그다지 넉넉하지는 않은 듯했다. 회색빛이 감도는 베이지색 옷에는 주름도 끝단 장식도 없이 수수했으며, 머리에는 한쪽 끝에 하얀 깃털을 붙인 것이 전부인, 옷과 같은 색의 조그만 모자를 쓰고 있었다. 이목구비는 뚜렷한 편이 아니었으며 피부도 그다지 좋아 보이지 않았지만 귀여운 인상에 애교가 있어 보였다. 크고 푸른 눈에 다정함이 묻어나는 사람이었다.

나는 세 대륙을 돌아다니며 여러 나라에서 수많은 여성을 보아왔지만, 이처럼 세련된 분위기를 풍기고,

다정한 성격이 표정에 드러나는 여성은 처음이었다. 홈즈가 권하는 의자에 모스턴 양이 앉을 때 그녀의 입술과 손이 떨리는 것이 눈에 들어왔다. 마음에 이는 심한 동요로 저도 모르게 떠는 듯했다. 모스턴 양이 입을 열었다.

"셜록 홈즈 씨, 저는 세실 포레스터 부인 댁에서 가정교사로 일하는 메리 모스턴입니다. 부인에게서 선생님에 대한 이야기를 들었습니다. 예전에 선생님이 세실 포레스터 부인 댁의 집안 문제를 해결해주셨다더군요. 부인은 선생님의 친절함과 탁월한 능력에 깊은 인상을 받으셨다고 하셨습니다."

"세실 포레스터 부인이라고요?"

홈즈는 손가락으로 탁자를 톡톡 두드리며 잠시 생각을 더듬는 듯했다.

"그러고 보니 잠깐 도와드린 적이 있었죠. 하지만 제 기억으로는, 그건 아주 간단한 사건이었습니다."

"부인은 그렇게 생각지 않으십니다. 그리고 제가 지금 부탁드리려는 문제는 그렇게 간단하지 않습니다. 지금 제가 처한 상황만큼 이상한 일은 세상 어디에도 없을 겁니다."

그녀의 말이 끝나기가 무섭게 홈즈는 눈을 반짝이며

두 손을 비볐다. 독수리처럼 날카로운 그의 얼굴에 심상치 않은 기운이 감돌았다. 홈즈가 사무적인 어조로 또렷하게 말했다.

"어떤 사건인지 말씀해보십시오."

아무래도 내가 있으면 방해가 될 것 같다는 생각이 들었다. 나는 자리에서 일어서며 말했다.

"실례하겠습니다. 아무래도 제가 일어나는 게 좋겠군요."

그런데 뜻밖에도 모스턴 양이 장갑 낀 손을 들어 나를 말렸다.

"친구 분도 함께 계셔 주셨으면 고맙겠습니다."

나는 의아한 기분이 들었지만 숙녀의 부탁대로 자리에 다시 앉았다.

"간단히 말씀드리겠습니다."

그녀는 침착하게 말을 이었다.

"저의 아버지는 인도에 주둔하고 있는 연대의 장교이셨는데, 제가 아주 어렸을 적에 저를 영국으로 돌려보내셨습니다. 어머니는 일찍 돌아가셔서 영국에는 몸을 의지할 만한 곳도 없었습니다. 에든버러에 있는 시설이 좋은 기숙학교에서 열일곱 살까지 살았습니다."

"어린 나이에 힘들었겠군요."

홈즈의 말에 모스턴 양은 수줍은 미소를 지었다.

"당시 연대 대위였던 아버지가 일 년간의 휴가를 얻어 영국으로 돌아오셨습니다. 아버지는 런던에 무사히 도착했으니 당신이 묵고 있는 랭엄 호텔로 빨리 오라는 전보를 보내셨습니다. 지금 생각해봐도 그 전보는 다정함이 묻어나는 메시지였습니다. 저는 런던에 도착하자마자 마차를 타고 랭엄 호텔로 갔습니다. 그런데 호텔에서는 '모스턴 대위가 묵고 있기는 하지만 어젯밤에 나가서 아직 돌아오지 않았다.'라고 했습니다. 저는 하루 종일 기다렸지만 아버지에게서는 아무런 소식도 없었습니다."

"경찰에는 연락하지 않았습니까?"

"그날 밤 호텔 지배인이 경찰에 연락하라고 권유하더군요. 그래서 경찰에 신고하고 다음 날 아침에는 모든 신문에 일제히 광고까지 냈답니다. 하지만 아무런 소용도 없었어요. 불행히도 지금까지 아버지에 대한 소식은 전혀 듣지 못했습니다. 오랜만에 느긋이 쉬려고 귀국하신 건데, 도대체 무슨 일이 생긴 건지…."

모스턴 양은 터져 나오는 울음을 참기 위해 손으로 입을 막았다.

"그게 언제였습니까?"

홈즈가 수첩을 펼치며 물었다.

"실종되신 게 1878년 12월 3일이었으니, 벌써 10년 가까이 지났습니다."

"아버님의 소지품은요?"

"호텔방에 그대로 남아 있었습니다. 하지만 그 속에 단서가 될 만한 것은 아무것도 없었습니다. 옷 몇 벌과 책 몇 권 그리고 안다만 제도의 섬에서 수집한 진귀한 물건이 몇 개 있었을 뿐입니다. 아버지는 안다만 제도에서 교도소 경비를 담당하셨거든요."

"런던에 아버님의 친구가 계셨나요?"

"제가 아는 분은 아버지와 같은 봄베이 제34 보병 연대 소속 숄토 소령님뿐이었습니다. 당시 소령님은 얼마 전에 퇴역하시고 런던의 어퍼 노우드에 살고 계셨지요. 물론 그분에게도 연락을 취해봤는데, 아버지가 영국에 오셨다는 사실조차 모르고 계셨습니다."

"그건 좀 이상한 얘기군요."

홈즈가 오른손으로 턱을 쓸며 말하자 모스턴 양이 이어 말했다.

"그것보다 더 이상한 일이 있었습니다. 지금으로부터 약 6년 전, 정확히 말씀드리자면 1882년 5월 4일 〈타임스〉지에 제 주소를 찾는 광고가 실렸습니다."

"오호, 내용은?"

"바로 연락을 주면 제게 아주 좋은 일이 있을 것이라고 적혀 있었습니다. 그런데 광고를 낸 사람의 주소와 이름이 적혀 있지 않았습니다. 그때 저는 막 세실 포레스터 부인 댁에 가정교사로 들어갔을 때였습니다. 부인은 제 이야기를 듣더니 광고를 실어보라고 조언하시더군요."

"그래서 광고를 냈습니까?"

"네. 그러자 그날로 작은 상자 하나가 우편으로 배달되었습니다. 열어보니 반짝반짝 빛나는 굵은 진주 한 알이 들어 있지 않겠습니까? 하지만 편지나 카드는 들어 있지 않았습니다. 그 후 매년 같은 날만 되면 똑같은 모양의 상자에 역시나 똑같은 진주가 담겨 배달되었는데, 발신인을 알 수 있는 단서는 전혀 없었습니다. 한번은 전문가에게 감정을 의뢰해봤는데, 아주 진귀하고 상당한 가치를 지닌 진주라더군요. 보시면 아시겠지만, 정말 훌륭한 진주입니다."

모스턴 양은 그렇게 말하면서 납작한 상자를 열어 지금까지 본 적이 없을 정도로 아름다운 진주 여섯 알을 보여주었다.

"정말 재미있는 이야기군요. 그런데 무슨 다른 일이라도 일어났나요?"

홈즈의 질문에 모스턴 양이 고개를 끄덕이며 답했다.

"네, 바로 오늘 있었습니다. 그래서 이렇게 찾아뵙게 된 겁니다. 오늘 아침에 이런 편지를 받았습니다. 읽어 보시겠습니까?"

"네. 보여주세요."

홈즈가 편지를 받으며 이어 말했다.

"봉투도 보여주세요. 소인은 런던 남서구 우체국이고, 날짜는 7월 7일이라. 흠, 귀퉁이에 남자의 엄지손가락 지문이 묻어 있군. 우편집배원이 남긴 거겠지. 최고급 편지지이고 봉투도 한 다발에 6펜스는 하겠어. 취향이 매우 까다로운 사람이 분명하네."

말을 마친 홈즈는 내게 편지를 건네주며 읽어보라고 했다. 편지의 내용은 다음과 같았다.

오늘밤 7시에 라이세움 극장 입구 왼쪽에서 세 번째 기둥 앞에 서 계십시오. 만약 의심이 들거나 불안하면 친구 두 명을 데리고 와도 좋습니다. 당신은 매우 불행한 처지에 놓인 여성이니 보상을 받아야 합니다. 단, 경찰에는 알리지 마십시오. 그러면 모든 일이 수포로 돌아가고 맙니다.

미지의 친구로부터

"정말 흥미로운 미스터리군요 모스턴 양, 어떻게 할 생각입니까?"

"바로 그 때문에 여쭤보러 온 겁니다."

그러자 홈즈가 미소를 지으며 말했다.

"우리가 함께 가면 될 것 같군요. 저와 모스턴 양 그리고 여기 있는 왓슨 박사도 같이 가면 좋겠군요. 마침 편지에 친구 두 명을 데리고 와도 좋다고 했으니."

모스턴 양이 걱정스럽다는 듯한 표정으로 나를 보자 홈즈가 부드러운 목소리로 말했다.

"이 친구와 저는 전에도 함께 일한 적이 있습니다."

그러자 모스턴 양이 나를 향해 간절한 표정으로 말했다.

"그럼 함께 가주시겠어요?"

나는 목소리에 힘을 주어 말했다.

"기꺼이 따라가겠습니다. 제가 도움이 된다면 말입니다."

"두 분 모두 정말 친절하시네요. 저는 좁은 세상에서 살고 있기 때문에 의논할 만한 친구도 없습니다. 6시까지 여기로 오면 될까요?"

안심이 되는지 한결 편안해진 얼굴로 모스턴 양이 말했고 홈즈가 답했다.

"늦지 않도록 주의하십시오. 그런데 궁금한 것이 하

나 더 있습니다. 오늘 받은 편지의 필체와 진주가 담긴 소포에 적힌 필체가 같습니까?"

"혹시 몰라서 그것도 여기 가져왔습니다."

그렇게 말하며 모스턴 양은 종이 여섯 장을 꺼내 탁자 위에 늘어놓았다. 그것을 본 홈즈는 만족스러운 미소를 지으며 고개를 끄덕였다.

"당신은 정말 모범적인 의뢰인입니다. 직관력이 뛰어나시군요. 어디 좀 볼까요."

홈즈는 날카로운 시선으로 탁자 위에 놓인 종이들을 꼼꼼히 살펴보았다.

"흠, 편지 외의 것들은 전부 필적을 바꿨네요. 하지만 전부 동일 인물이 쓴 것임에 틀림없습니다."

"오호, 그걸 어떻게 알 수 있나?"

홈즈 옆에 서서 편지를 살펴보던 내가 물었다.

"여기 'e'를 보면 그리스 문자처럼 돌출되게 쓰여 있어. 맨 끝의 's'가 꼬부라진 모양을 보게. 위장하려고 했지만 분명히 한 사람이 쓴 글씨라네."

나와 모스턴 양은 홈즈의 설명을 듣고 고개를 끄덕였다. 그녀의 얼굴에는 아주 잠깐이었지만 만족한 빛이 스쳐 지나갔다.

"그런데 모스턴 양, 헛된 희망을 심어주려는 건 아니

지만 혹시 이 필체가 아버님의 필체와 조금이라도 비슷한 점이 있습니까?"

"아니오. 전혀 다릅니다."

모스턴 양이 고개를 저으며 말하자 홈즈는 그럴 줄 알았다는 듯이 입술을 살짝 내밀었다.

"그럼 이따 6시에 뵙도록 하지요. 그때까지 이 편지는 제가 보관하겠습니다. 아직 3시 반밖에 안 됐으니 좀 더 조사해보고 싶습니다."

"알겠습니다. 그럼 가보겠습니다."

모스턴 양은 상냥하고 밝은 눈길로 우리를 번갈아 쳐다보더니 다소곳이 머리를 숙였다. 그런 뒤 진주 상자를 품에 안고 서둘러 밖으로 나갔다.

나는 창 옆에 서서, 활기찬 걸음으로 거리를 걸어 내려가는 모스턴 양의 모습을 지켜보았다. 그녀의 회색모자와 하얀 깃털 장식이 점점 작아지더니 사람들 틈에서 하나의 점처럼 변해갔다.

"정말 매력이 넘치는 아가씨야!"

나는 홈즈를 돌아보며 감탄했다.

"모스턴 양 말인가? 글쎄, 난 눈여겨보지 않아서 잘 모르겠군."

홈즈는 다시 파이프에 불을 붙여 입에 물고는, 의자

에 몸을 파묻으며 눈을 내리깐 채 무심하게 말했다.

"자네는 정말 인조인간 같아. 때때로 인간미라고는 전혀 없는 말이나 행동을 한단 말이야."

내 말에 홈즈가 피식 웃으며 대꾸했다.

"어떤 사람에 대해 판단할 때 가장 중요한 건 편견을 갖지 않아야 한다는 거야. 특히 겉모습에 휘둘려서 그릇된 선입견을 가져서는 안 된다네."

홈즈가 심각한 표정으로 나를 쳐다보며 이어 말했다.

"내게 의뢰인은 그저 사건과 관계있는 인물 내지는 요소에 지나지 않는다네. 감정이 섞이면 올바른 추리를 할 수 없지. 그것이 좋은 감정이든 나쁜 감정이든 말이야."

내가 설마 하는 표정을 짓자 홈즈는 더 큰 목소리로 말을 이었다.

"지금까지 내가 본 여자들 중에서 가장 매력적인 여자는 보험금을 노리고 세 아이를 독살한 죄로 교수형을 당했지. 또 내가 아는 사람들 중 가장 싫었던 남자는 런던의 빈민을 위해 25만 파운드 가까이 돈을 기부한 어떤 자선 사업가였지."

"하지만 이 경우는…."

"내게 예외는 없다네. 예외를 만들면 법칙이 힘을 잃

게 되지."

홈즈는 내 감정과는 상관없이 자신의 생각을 쏟아놓더니 내 앞으로 편지를 내밀었다.

"자네는 필적으로 사람의 성격을 판단하는 연구를 해본 적이 있나? 이 사람의 글씨를 보고 뭐가 떠오르나?"

"또박또박 써서 읽기 편하군. 빈틈없이 일을 처리하는 야무진 성격일 것 같은데."

내 말이 끝나기도 전에 홈즈는 머리를 흔들었다.

"이 긴 단어를 보게. 짧은 단어들과 높이가 거의 비슷하지 않나. 여기 'd'를 보게."

"정말 'a'처럼 보이는군."

"그렇네. 'd'와 'a', 이쪽의 'l'과 'e'를 보면 알 수 있지. 자네의 생각처럼 성격이 야무진 사람은 제아무리 갈겨 쓴다 해도 길게 써야 하는 글자와 짧게 써야 하는 글자가 확실히 구분되도록 쓴다네. 소문자 'k'는 흔들려서 안정감이 없어 보이지만, 대문자 'K'에서는 강한 자만심이 엿보여."

설명을 마친 홈즈는 자리에서 일어났다.

"아, 나는 조사할게 좀 있어서 잠깐 나가봐야겠네. 그동안 자네는 이 책을 한번 읽어보게."

홈즈는 내게 책 한 권을 내밀었다.

"윈우드 리드의 『인간의 수난사』라."

내가 저자와 제목을 소리 내어 읽자 홈즈는 자못 진지한 표정으로 말했다.

"지금까지 나온 책들 중에서 이만큼 훌륭한 책도 드물 걸세. 읽고 나서 절대로 후회하지 않을 테니 한번 믿어보게. 그럼 나는 한 시간쯤 후에 돌아오겠네."

나는 그 책을 손에 들고 창가에 앉기는 했지만, 생각이 책에서 멀리 떨어져 있었기에 그곳에 적혀 있는 저자의 대담한 의견은 하나도 머리에 들어오지 않았다.

내 머릿속은 조금 전에 찾아왔던 손님에 대한 생각으로 가득 차 있었다. 그녀의 미소와 깊이 있고 탄력 있는 목소리를 생각하기도 하고, 그녀의 인생을 위협하는 의문의 수수께끼에 대해서 생각하기도 했다.

그녀의 아버지가 종적을 감췄을 때 열일곱 살이었다면, 지금은 스물일곱 살일 것이다. 어린 아가씨에게서 볼 수 있는 수줍음을 떨치고, 경험을 쌓아 분별력 있게 행동하는 매력적인 나이였다. 그런 몽상을 하다가 갑자기 자리에서 벌떡 일어났다. 순간 내 머릿속에 위험한 생각이 떠올랐기 때문이다. 정신없이 책상 앞으로 달려간 나는 최신 병리학 논문을 열심히 읽었다.

"어서 정신을 차려라! 네 주제를 알아라!"

이런 말을 되뇌기도 했다. 다리가 불편하고 주머니 사정도 좋지 않은 만신창이 퇴역 군의관 주제에 그런 생각을 하다니, 참으로 어처구니없었다. 홈즈의 말처럼 그녀는 사건과 관계있는 한 인물, 한 요소에 지나지 않는다. 만약 암울한 미래가 나를 노려보고 있다면? 그래! 나 역시 남자답게 그것을 똑바로 마주하리라. 망상 따위나 하면서 거짓으로 밝게 색칠하려는 노력 따위는 아예 하지도 않으리라.

발신인을 찾아서

홈즈는 오후 5시 반이 넘어서야 돌아왔는데, 밝고 자신감이 넘치는 표정을 짓고 있었다. 하지만 그 표정이 언제 어둡고 우울하게 바뀔지는 알 수 없는 일이었다.

"이 사건에 그리 커다란 의문점은 없을 듯하네. 사실들을 종합해보면 해답은 하나밖에 없거든."

내가 따라준 따끈한 차를 홀짝이며 홈즈가 대수롭지 않다는 듯이 말했다.

"뭐라고? 자네 벌써 사건을 해결한 건가?"

"아니, 해결이라고까지는 할 수 없지. 나는 그저 냄새나는 어떤 사실을 확인했을 뿐이야. 하지만 그 냄새가 아주 지독하다네. 지금부터 세세한 일들을 알게 되겠지."

"뜸들이지 말고 어서 말해보게."

"지난 〈타임스〉지의 기사를 살펴보다가 어퍼 노우드에

살던 전 봄베이 제34 보병 연대의 숄토 소령이 1882년 4월 28일에 사망했다는 사실을 알았을 뿐이네."

홈즈가 한껏 신이 난 목소리로 설명했지만, 나는 고개를 갸웃하며 물었다.

"자네가 나를 아둔한 사람이라고 생각할지도 모르겠지만, 난 그게 무슨 뜻인지 잘 모르겠는데."

"모르겠다고? 정말 놀랍군. 그렇다면 이렇게 생각해 보게. 모스턴 대위가 실종됐네. 그런데 그가 런던에서 찾아갔을 법한 사람은 숄토 소령뿐이었어. 하지만 숄토 소령은 대위가 런던에 왔다는 사실조차 듣지 못했다고 했지. 그리고 4년 뒤에 죽었어. 그로부터 채 일주일도 지나지 않아서 모스턴 대위의 딸이 값비싼 선물을 받았지. 그 선물은 매년 보내졌고, 심지어는 그녀를 '불행한 처지에 놓인 여성'이라고 말한 이번 편지까지 배달되었어. 그 말이 대체 뭘 뜻한다고 생각하나?"

"그건 아버지를 잃은 것과 상관이 있을 것 같네만."

"맞네. 또 숄토 소령이 죽은 후부터 선물이 배달되기 시작했다는 건, 숄토 소령의 상속인이 모스턴 대위의 실종에 대해 뭔가를 알고 있다는 것을 의미하네. 그건 분명 모스턴 양에게 그에 대한 보상을 해주기 위한 행동이야. 그것 말고 다른 이유를 찾을 수 있겠나?"

"하지만 자네 말대로라면 너무도 희한한 보상이 아닌가? 그리고 또 그 방법이 얼마나 이상한가? 대체 이런 편지를 6년 전이 아닌 지금에 와서 보낸 이유가 뭐란 말인가? 편지에는 모스턴 양이 공정한 보상을 받아야 한다고 쓰여 있었는데 도대체 어떤 보상을 해주겠다는 건가?"

나는 답답한 마음에 계속해서 질문을 퍼부었다. 그리고 잠시 뜸을 들이고 홈즈에게 물었다.

"자네는 모스턴 대위가 아직 살아 있다고 생각하나?"

"아니, 그건 지나치게 낙관적인 생각 같네. 또 내가 아는 한 아버지가 없다는 사실 외에 그녀가 부당한 대우를 받는 것 같지도 않아."

"자네 말이 맞네. 어쨌거나 정말 어려운 문제로군."

내 말에 홈즈가 미간을 찌푸리며 말했다.

"하지만 오늘 밤 그곳에 가보면 모든 문제가 해결될 걸세."

그때 창밖을 내다보던 홈즈가 소리쳤다.

"아, 사륜마차가 왔네. 마차를 타고 있는 모스턴 양이 보이는군. 준비는 됐나? 괜찮다면 지금 나가세. 약속 시간이 조금 지났으니."

나는 모자를 쓰고 가장 묵직한 지팡이를 들었다. 홈

즈는 책상 서랍에서 리볼버를 꺼내 주머니에 넣었다. 그는 오늘밤의 외출이 매우 위험하다고 생각하는 것이 분명했다.

마차에 올라타자 모스턴 양이 살짝 고개를 숙이며 인사했다. 그녀는 짙은 색의 망토를 몸에 두르고 있었다. 표정은 차분했지만, 얼굴이 하얗게 질려 있었다. 잠시 후 펼쳐질 기묘한 일을 앞두고 불안하지 않을 수 없었을 것이다. 하지만 그녀는 흐트러진 모습을 보이지 않았다. 오히려 당돌하다 싶을 정도로 홈즈에게 또박또박 말했다.

"숄토 소령님은 아버지의 친구 중에서도 특별히 친한 분이셨습니다. 아버지가 보낸 편지에는 언제나 숄토 소령님에 관한 이야기가 가득했습니다. 소령님과 아버지는 안다만 제도에서 같은 부대에 계셨기 때문에 함께 지내는 시간이 많았다고 들었어요."

잠시 말을 멈춘 모스턴 양은 종이 한 장을 꺼내 홈즈에게 건넸다.

"아버지의 책상을 정리하던 중에 이해하기 힘든 그림을 발견했어요. 그다지 중요한 것 같지는 않지만 혹시라도 보고 싶어 하실지 몰라 가지고 왔습니다."

홈즈는 조심스럽게 그 종이를 펼쳐서 무릎 위에 올

려놓고 이중 렌즈를 꺼내 구석구석 자세히 살펴보았다.

"인도에서 만든 종이군요. 한동안 핀으로 벽에 고정해놓은 흔적이 있네요. 이건 많은 방, 복도, 출입구가 있는 거대한 건물의 일부를 그린 평면도 같습니다. 빨간 잉크로 작은 십자가 표시가 되어 있고, 그 위에 연필로 '왼쪽에서 3.37'이라고 쓰여 있는 게 보이는군요. 왼쪽 구석에 십자가 네 개를 연결해 한 줄로 붙여놓은 모양의 묘한 표시도 있고요."

종이를 들여다보던 홈즈의 두 눈이 순간 더욱 반짝거렸다.

"그 옆에는 갈겨쓴 글씨로 '네 사람의 서명—조나단 스몰, 마호메트 싱, 압둘라 칸, 도스트 아크바르'라고 적혀 있군요. 하지만 솔직히 말하자면 이게 사건과 무슨 상관이 있는지 모르겠습니다. 다만 이게 중요한 문서인 것만은 확실해 보입니다. 앞뒷면이 다 깨끗한 걸 보면 지갑 속에 소중히 보관했던 것 같군요."

"맞아요. 아버지의 지갑에 있던 거예요."

"그렇다면 잘 보관해두세요, 모스턴 양. 나중에 필요할 때가 있을지 모르니까요. 아무래도 이 사건은 처음에 생각했던 것보다 훨씬 복잡하고 괴이할 듯합니다. 생각을 다시 가다듬어봐야겠군요."

홈즈는 마차 안 좌석 등받이에 몸을 파묻었다. 미간을 찌푸리고 허공을 노려보는 홈즈를 보고 그가 깊은 생각에 잠겼음을 알 수 있었다. 모스턴 양과 나는 앞으로 행할 조사와 그 결과가 어떻게 될지에 대해서 조그만 소리로 이야기를 나누었지만, 홈즈는 목적지에 도착할 때까지 한마디도 내뱉지 않았다.

그날은 9월의 어느 초저녁으로, 아직 7시도 되지 않은 시각이었지만 아침부터 계속 날이 흐렸기 때문에 런던은 눅눅한 안개에 둘러싸여 있었다. 흙빛 구름이 대도시의 온통 질펀거리는 거리 풍경 위로 낮고 쓸쓸하게 드리워져 있었다. 스트랜드가의 가로등은 안개 속에서 얼룩처럼 뿌옇게 번진 채 진흙투성이인 포장도로 위로 힘없이 빛을 던져 거리의 일부를 둥그렇게 비추었다.

늘어선 가게의 창에서 노란 불빛이 흘러나와 안개로 흐려진 거리를 오가는 수많은 사람에게 침울한 빛을 던져주고 있었다. 슬픔에 잠긴 얼굴, 기쁨이 넘치는 얼굴, 여윈 얼굴, 즐거워 보이는 얼굴, 가느다란 불빛들을 차례차례로 가로질러가는 얼굴들의 끝없는 행렬 속에는, 마치 유령과도 같이 기분 나쁜 느낌을 주는 무언가가 있었다. 그것이 어둠 속에서 빛 속으로, 다시 어둠 속으로 들락날락하는 모습을 보고 있자니, 마치 사람의 일생을 보고 있는 듯했다.

나는 원래 민감하거나 감성적인 인간은 아니었다. 다만 우리가 말려든 이상한 사건과 서글픈 초저녁 분위기 때문에 마음이 불안하고 우울해진 것이다.

고개를 돌려 모스턴 양을 바라보니 그녀 역시 나와 비슷한 감정을 느끼는 듯했다. 오직 한 사람, 홈즈만이 그런 하찮은 일에는 구애받지 않는다는 듯한 표정이었다. 그는 무릎 위에 수첩을 펼쳐놓고 손전등을 비추어 가며 때때로 메모하거나 숫자를 적었다.

라이셤 극장에 도착해보니, 양쪽 출입구는 이미 사람들로 가득했다. 정면의 입구 앞으로 이륜마차와 사륜마차가 덜컹덜컹 시끄러운 소리를 내며 끊임없이 달려와, 예복을 입은 남자들과 숄과 다이아몬드로 치장한 여자들을 내려놓았다. 약속 장소인 세 번째 기둥 옆에 도착하기도 전에 마부 차림의 사내가 슬쩍 다가와 말을 걸었다.

"당신들이 모스턴 양과 함께 오신 분들입니까?"

"제가 모스턴입니다. 이 두 분은 제 친구들입니다."

사내는 의심스럽다는 듯이 우리를 쏘아봤다.

"아가씨, 죄송하지만 저는 두 분이 경찰이 아님을 확

실히 해두라는 명령을 받았습니다."

사내의 완고한 말에 모스턴 양이 대답했다.

"그건 제가 보장할 수 있습니다."

사내가 휙 하고 휘파람을 불자, 한 부랑아가 사륜마차를 끌고 와서 문을 열었다. 우리에게 말을 건 사내는 마부석에 오르고, 우리는 사륜마차의 뒷자리에 앉았다. 우리가 앉자마자 사내는 말에 채찍질을 가했고, 마차는 맹렬한 기세로 안개에 덮인 거리를 달렸다.

생각할수록 묘한 상황이었다. 무슨 일 때문에 가는지, 행선지는 어디인지도 모른 채 우리는 흔들리는 마차에 앉아 있다. 그러나 어쨌든 이 호출은 순전히 장난이거나—그렇다고는 생각되지 않지만—중대한 문제이거나 둘 중 하나일 것이다.

모스턴 양을 슬쩍 살펴보니, 변함없이 얼굴에는 결의의 빛이 감돌고 태도 또한 침착함을 잃지 않고 있었다. 하지만 나는 그녀가 속으로는 긴장하고 있을지도 모른다고 생각했다. 그래서 나는 아프가니스탄에서 있었던 모험담을 최대한 재미있게 들려주려 애썼다. 하지만 그런 내 노력은 헛된 것이었다. 나는 내가 겪은 일들마저 헷갈려서 무슨 말을 하는지도 몰랐다. 솔직히 고백하자면 나 또한 내가 어디로 가서 어떻게 될지 몰라 불안한 상태였다. 나 자신이 그런 상태이니 이야기에 집중할 수 없었던 게 당연했다. 모스턴 양은 편안한 미소를 지으며 그런 나를 안심시켰다. 그리고 내 이야기가 인상적이었다고 말해주었다.

"한밤중에 텐트 석으로 소총이 들어온 걸 보고 2연발 총을 주저 없이 쏘셨다니 정말 대단하시네요."

처음에 나는 마차가 어디를 달리고 있는지 알 수 있었지만, 원래 런던의 지리에 어두운 데다 달리는 속도와 안개 때문에 곧 방향 감각을 잃어버렸다. 아주 멀리 온 것 같지는 않다는 사실 외에는 아무것도 알 수 없었다. 하지만 홈즈는 마차가 광장으로 나오거나 구불구불한 골목을 빠져나올 때마다 한시도 지체하지 않고 그곳의 지명을 댔다.

"로체스터 거리군, 여기는 빈센트 광장. 이번에는 복스홀 다리로군. 아무래도 서리주로 향하는 것 같아. 그래, 그럴 줄 알았어. 우리는 지금 다리를 건너고 있네. 창밖으로 반짝반짝 빛나는 강물이 보이는군."

정말 아주 짧은 순간이었지만, 홈즈의 말대로 유유히 흐르는 템스강이 보였다. 넓고 잔잔한 수면이 배의 등불을 받아 반짝반짝 빛나고 있었다. 마차는 쉬지 않고 달려 곧 건너편의 미로와도 같은 거리 속으로 들어갔다.

"워즈워드가, 프라이어리가, 라크홀 길, 스톡웰 광장, 로버크가, 콜드하버 골목. 흠, 아무래도 우리가 가는 곳은 부유하거나 고상한 동네는 아닌 것 같군."

과연 홈즈의 말대로 마차는 어딘지 좀 미심쩍고 으스스한 길목으로 접어들었다. 길 양쪽으로는 벽돌로 지은 우중충한 집들이 길게 늘어서 있었고, 군데군데 끼어 있는 술집들만이 현란할 정도로 천박한 빛을 발하고 있었다. 얼마 지나지 않아서 집 앞에 조그만 정원이 있는 이층집들이 늘어서 있는 곳으로 들어섰다. 그리고 그곳을 지나 이번에는 벽돌들의 색이 아직도 산명한, 새로 지은 건물들이 끝없이 이어진 곳으로 들어섰다. 마치 이 거대한 도시가 거대한 촉수를 시골 쪽으로 내뻗고 있는 듯한 느낌이었다.

언덕 위로 조성된 주택가의 끝에서 세 번째 집 앞에 드디어 마차가 멈춰 섰다. 다른 집들은 전부 비어 있었으며, 마차가 멈춰 선 그 집도 부엌 창에서만 희미하게 불빛이 새어나오고 있을 뿐 근처의 다른 집들과 마찬가지로 어두웠다. 노크를 하자 바로 문이 열리더니, 노란 터번을 쓰고 펑퍼짐한 하얀 옷에 노란 허리띠를 두른 인도인 하인이 모습을 드러냈다. 어디서나 흔히 볼 수 있는 이런 교외 주택의 현관문 앞에 동양인 하인이 모습을 드러내다니, 어딘지 어울리지 않았다.

"사힙(식민지 시대에 인도에서 유럽의 백인남자에게 쓰던 존칭)께서 기다리고 계십니다."

하인의 말이 채 끝나기도 전에 안쪽에서 높고 날카로운 목소리가 들려왔다.

"키트므트카! 어서 들어오시라고 해라! 곧장 안으로 모셔라!"

대머리 사내의 이야기

우리는 인도인을 따라서 어둠침침하고 특별할 것 없이 아주 평범하고 지저분한 복도를 걸었다. 오른쪽에 있는 한 문 앞에 다다른 인도인이 문을 열었다. 문 사이로 노란 불빛이 흘러나왔는데, 그 강한 불빛 속으로 키 작은 대머리 남자가 서 있는 게 보였다. 그의 뾰족한 머리 주변에 빙 둘러서 붉은 머리카락이 나 있었고 위로는 머리가 벗겨져 번쩍번쩍 빛났다. 그것은 마치 전나무 뒤로 산의 정상이 솟은 모습 같았다.

무슨 이유에서인지 그는 선 채로 두 손을 모아 비틀며 끊임없이 얼굴을 꿈틀대고 있었다. 지금 웃는 건가 싶으면 곧 얼굴을 찡그리는 식으로 잠시도 얼굴을 가만두지 못했다. 또 아랫입술이 축 늘어진 탓에 누렇고 울퉁불퉁한 덧니가 훤히 드러났다. 그 자신도 그것이 신경 쓰였는지 계속해서 손으로 입을 가리며 감춰보려고 애썼다. 그런데 희한하게도 그는 비록 머리는 벗겨졌어도 매우 젊어 보였다. 나중에 알고 보니 그는 겨우 서른 살에 불과했다.

"어서 오십시오, 모스턴 양."

가늘고 날카로운 목소리의 남자가 이어 말했다.

"두 분도 어서 오십시오. 자, 안으로 들어오세요. 좁아서 답답하긴 하지만, 이게 바로 제 방입니다. 제 취향에 맞게 방을 꾸몄습니다. 황량한 사막과 같은 런던 남부에서는 예술의 오아시스라고 할 만한 곳이지요."

방 안으로 들어선 우리의 눈이 모두 휘둥그레졌다. 마치 구리 반지에 고급스러운 다이아몬드를 박아 넣은 듯, 그 방은 이 초라한 집에 전혀 어울리지 않게 화려했다. 고급스러운 커튼과 태피스트리가 벽을 뒤덮고 있었고, 군데군데 끈으로 묶어놓은 천 사이로 화려한 액자에 담긴 그림과 동양의 도자기가 보였다. 호박색과 검은색이 조화를 이룬 카펫은 두껍고 폭신해서 마치 이끼를 밟는 듯했다. 서로 엇갈린 채 바닥에 깔린 호랑이 가죽 두 장과 구석에 세워진 커다란 물 담배 파이프는 호사스러운 동양풍 분위기를 한층 돋보이게 했다. 방 한가운데에는 비둘기 모양의 은제 램프가 거의 보이지 않는 금색 철사에 매달린 채 길게 늘어져 있었다. 램프에서 불이 타오를 때마다 뭐라고 말로 표현할 수 없는 미묘한 향이 방 안 가득 퍼졌다.

"저는 새디어스 숄토입니다."

자신의 이름을 소개할 때도 사내의 얼굴은 끊임없이 꿈틀거렸다.

"당신은 물론 모스턴 양이겠죠? 그럼 이분들은?"

"이쪽은 셜록 홈즈 씨고, 이쪽은 홈즈 씨의 친구이자 의사이신 왓슨 박사입니다."

모스턴 양이 우리를 소개하자 새디어스가 흥분해서 소리쳤다.

"오! 당신은 의사시군요! 혹시 청진기를 가지고 오셨습니까? 부탁 하나만 들어주십시오."

"무슨 문제라도 있습니까?"

"아무래도 제 심장의 승모판에 중대한 문제가 있는 것 같습니다. 대동맥은 별 이상이 없는 것 같습니다만, 승모판은 의사의 진단을 받아보고 싶습니다."

나는 그가 원하는 대로 심장을 진찰해보았지만 별다른 이상은 발견하지 못했다. 다만 흥분한 상태였기 때문인지 머리부터 발끝까지 부들부들 떠는 것만 감지했을 뿐이었다.

"정상인 것 같습니다. 걱정하실 필요 없습니다."

새디어스는 내 말을 듣고 다행이라는 듯 한숨을 쉬더니 모스턴 양을 보며 살짝 머리를 숙였다.

"모스턴 양, 이렇게 소심한 면을 보여드려서 죄송합니다. 사실 저는 건강이 매우 안 좋답니다. 게다가 예전부터 심장 판막에 이상이 있을 거라고 의심해오던 중이었습니다. 걱정할 필요가 없다는 말을 들으니 안심이 되는군요."

그는 한결 편안한 표정으로 말을 이어갔다.

"모스턴 양의 부친께서도 심장에 부담이 가해지지 않았다면 아직 살아계셨을 겁니다."

순간 나는 그의 뺨이라도 한 대 올려붙이고 싶은 기분이었다. 이렇게 민감한 문제를 대수롭지 않다는 듯이 꺼내는 그의 태도에 화가 치밀었기 때문이다. 아니나 다를까 모스턴 양은 하얗게 질린 얼굴로 그 자리에 털썩 주저앉아버렸다. 그녀가 떨리는 목소리로 말했다.

"아버지가 돌아가셨을 거라고는 생각했었지만…."

"제가 모든 사실을 알고 있습니다. 저는 당신이 정당한 보상을 받을 수 있도록 도와드릴 생각입니다. 바솔로뮤 형이 뭐라던 저는 그렇게 할 생각입니다. 친구 분들과 함께 오셔서 정말 기쁩니다. 두 분께서는 모스턴 양을 보호하는 동시에 지금부터 제가 하는 말과 행동의 증인이 되어주십시오. 우리가 힘을 합친다면, 바솔로뮤 형과도 당당히 맞설 수 있을 겁니다. 하지만 외부인이 개입해선 안 됩니다. 특히 경찰이나 관리는 절대 안 됩니다. 무엇보다도 사건을 공개하면 바솔로뮤 형을 더 자극하는 결과만 가져올 겁니다."

이렇게 말한 새디어스는 낮고 긴 의자에 앉더니, 힘없고 물기에 젖은 듯한 파란 눈을 깜박이며 우리를 바라보았다. 마치 우리의 생각을 물어보는 것 같았다.

"지금 이 자리에서 어떤 이야기를 듣던 다른 사람에게는 절대로 말하지 않겠습니다."

홈즈가 단호한 목소리로 말했고 나도 고개를 끄덕여 그의 말에 동의한다는 뜻을 표했다.

"아주 좋습니다!"

새디어스가 만족스러운 얼굴로 두 손을 비볐다.

"모스턴 양, 키안티(이탈리아 적포도주의 일종) 와인을 한잔하시겠습니까? 아니면 토케이(헝가리 포도주) 와인은 어떻습니까? 죄송하게도 와인은 그것밖에 없습니다. 한 병 딸까요?"

새디어스가 모스턴 양을 보고 묻자 그녀는 조용히 손을 가로저었다.

"안 드시겠다고요? 싫으시다면 할 수 없지요. 그럼 실례지만 담배를 좀 피워야겠습니다. 담배 연기를 조금 맡으셔도 괜찮겠지요? 동양의 향기 좋은 담배니까요. 사실 저는 지금 불안해서 신경이 곤두서 있습니다. 이 물 담배는 마음을 진정시키는 데 아주 도움이 되지요."

그가 가느다란 양초 끝을 커다란 담배통에 대자 장미 향료를 넣은 물속에서 부글부글 거품이 일더니 곧 연기가 솟아올랐다. 우리 세 사람은 손을 턱에 괴고 상체를 내민 채 그의 주위에 둘러앉았다. 계속해서 얼굴에 경련을 일으키는 대머리 사내는 뾰족한 머리를 반짝이며 불안하게 담배를 빨아들였다.

"사실은 제가 모스턴 양에게 편지를 보내기로 결심했을 때, 이 집 주소를 밝힐까도 했습니다. 하지만 모스턴 양이 제 부탁을 무시하고 달갑지 않은 사람들을 데리고 오면 어쩌나 걱정이 되었지요. 그래서 저는 제 밑에서 일하는 윌리엄스를 보내 여러분을 먼저 만나게 했습니다. 저는 그 친구의 판단력을 굳게 믿고 있습니다. 그래서 혹시라도 낌새가 이상하면 일을 더 이상 진행하지 말라 명령했습니다. 그처럼 까다롭게 군 점은 용서해주십시오."

새디어스는 잠시 말을 멈추고 담배 한 모금을 빨았다.

"조심성이 참 많으시군요."

모스턴 양이 말하자 새디어스가 멋쩍은 미소를 지으며 말했다.

"그렇게 생각되실 겁니다. 사실 저는 원래 조용한 걸 좋아한답니다. 그래서 경찰처럼 삭막한 사람들과는 만나고 싶지 않거든요. 사실 이익만을 중히 여기는 거친 사고방식을 선천적으로 싫어합니다. 그래서 거친 인간이 많은 세상에는 가능한 한 나가지 않습니다. 보시는 바와 같이 이렇게 우아한 분위기 속에서 지내는 걸 좋아하기 때문이지요."

새디어스는 자아도취에 빠진 사람처럼 몽롱한 표정을 지으며 말을 이었다.

"그리고 저는 예술의 후원자라고도 할 수 있습니다. 이게 저의 약점이지요."

그는 벽에 걸린 그림들을 일일이 가리키며 설명했다.

"이 풍경화는 코로의 진품입니다. 감정가들이 의심할지 모르지만 저건 살바토르 로자의 작품이고, 저쪽에 있는 것은 부그로의 작품입니다. 저는 현대 프랑스 화가의 그림을 아주 좋아합니다."

"새디어스 숄토 씨, 말씀 중에 죄송합니다만…."

모스턴 양이 가볍게 손을 들며 숄토의 말을 잘랐다.

"저는 새디어스 씨께서 제게 하고 싶은 말씀이 있는 줄 알고 여기에 왔습니다. 이제 시간이 많이 흘렀으니 되도록 빨리 용건을 말씀해주셨으면 좋겠군요."

"여유를 가지세요. 제 얘기는 금방 끝날 테니까요."

마음이 급한 모스턴 양과는 달리 새디어스는 한껏 여유를 부리며 말했다.

"그게, 아무래도 시간이 좀 걸릴 겁니다. 왜냐하면 지금부터 함께 노우드로 가셔서 바솔로뮤 형을 만나야 하니까요. 모두 함께 가서 바솔로뮤 형을 설득해보는 겁니다. 저는 당연히 그렇게 해야 한다고 생각하는 일에 형이 무척 화를 내고 있거든요. 어젯밤에도 그 문제로 형과 저는 크게 말다툼을 했습니다. 형이 한번 화를 내면 얼마나 무서운지 상상도 못 하실 겁니다."

"노우드에 가야 한다면 당장 출발하는 게 좋지 않을까요?"

내가 대담하게 묻자 새디어스는 귀밑까지 벌게질 만큼 한참을 웃었다. 그러고는 조금 들뜬 목소리로 말했다.

"그래서는 일이 잘 풀리지 않을 겁니다. 그렇게 갑자기 당신들을 데리고 간다면, 형이 무슨 말을 할지 알 수 없으니까요. 그 전에 우리가 지금 어떤 입장에 있는지를 미리 설명해드려야겠지요. 하지만 이 이야기 속에는 저도 알지 못하는 점이 몇 가지 있다는 사실을 미리 말씀드리겠습니다. 저는 그저 제가 알고 있는 범위 내의 사실만을 말씀드릴 뿐입니다."

숄토가 우리에게 전한 이야기는 다음과 같다.

***

새디어스의 부친은 전에 인도 주둔 육군에 복무했던 존 숄토 소령이었다. 그는 11년쯤 전에 군대 생활을 마치고 어퍼 노우드에 있는 폰티체리 저택에서 살았다. 인도에서 크게 성공을 거둔 그는 상당한 돈과 갖가지 값지고 진귀한 수집품, 여러 명의 인도인 하인을 데리고 귀국했다. 그리고 거대한 저택을 구입해 매우 풍족하게 생활했다. 그에게 자식은 쌍둥이 형제뿐이었는데, 그들이 바로 바솔로뮤 숄토와 새디어스 숄토였다.

새디어스 숄토는 모스턴 대위가 행방불명되었을 때의 상황을 상세히 기억하고 있었다. 당시 바솔로뮤와 새디어스는 신문에서 그 사건 기사를 읽었다. 이미 모스턴 대위가 아버지의 친구라는 사실도 알고 있던 그들은 아버지 숄토 소령 앞에서 사건에 대해 서슴없이 이야기했다. 숄토 소령 역시 그들의 이야기에 끼어들어 자신의 의견을 말했다. 바로 그 때문에 숄토 형제는 아버지가 모스턴 대위에 관한 엄청난 비밀을 가슴속에 간직하고 있으리라고는 상상도 못 했다. 아버지가 모스턴 대위의 운명을 아는 유일한 사람임을 전혀 눈치채지 못했던 것이다. 다만 숄토 형제는 아버지의 신상에 비밀스럽고 아주 위험한 문제가 일어나려 한다는 것만은 짐작할 뿐이었다.

숄토 소령은 혼자 외출하기를 극도로 꺼렸고, 프로 권투 선수 두 명을 경호원으로 고용하기까지 했다. 마차를 몰고 홈즈 일행을 데리고 왔던 사내가 그중 한 사람이었다. 그 사람은 예전에 영국 라이트급 챔피언을 지냈던 자로 이름은 윌리엄스였다.

숄토 소령은 자신이 무엇을 두려워하는지 구체적으로 언급하려 하지 않았다. 하지만 나무 의족을 한 사내를 몹시 경계했던 것만은 확실했다. 한번은 나무 의족을 한 사내에게 실제로 총을 쏘는 일까지 벌어졌다. 숄토 형제는 그 사내가 아버지를 위협하는 자일지도 모른다고 의심했다. 하지만 그는 그저 평범한 장사꾼일 뿐이었다. 결국 그들 부자는 일을 조용히 마무리 짓기 위해서 엄청난 돈을 지불해야 했다. 두 형제는 그 일이 아버지의 변덕스러운 기분 때문에 벌어진 것이라고 생각했다. 하지만 얼마 후 벌어진 사건으로 그 생각이 잘못되었음을 깊이 깨달았다.

1882년 초, 숄토 소령은 인도에서 온 편지 한 통을 받고 커다란 충격에 빠졌다. 아침 식사를 할 때 그 편지를 전달받은 소령은 너무나 놀라 혼절하다시피 했다. 그리고 그날 이후 자리에 누워 시름시름 앓다가 결국에는 죽고 말았다.

두 형제는 아버지를 죽음으로 이끈 편지에 무슨 내용이 적혀 있었는지 궁금했지만 끝내 편지를 찾을 수 없었다. 그저 숄토 소령이 편지를 읽는 동안 곁눈질로 슬쩍 봤기 때문에, 매우 급하게 갈겨쓴 짧은 편지라는 것 정도만 알고 있었다.

그 일이 있기 전에 이미 숄토 소령은 비장이 거대해지는 병을 앓고 있었다. 그 때문에 몇 년 동안 고생하고 있던 와중에 큰 충격까지 받아 병세가 급격히 악화된 것이다. 급기야 1882년 4월 말, 의사는 더 이상 가망이 없다는 판결을 내렸고, 숄토 소령은 두 형제에게 유언을 남기기로 했다.

바솔로뮤와 새디어스가 방 안으로 들어갔을 때 아버지 숄토 소령은 쌓아올린 베개에 몸을 겨우 의지한 채 가쁜 숨을 몰아쉬고 있었다.

"문을 꼭 닫고 이리 오너라."

형제는 비통한 표정으로 아버지 곁으로 다가갔다. 소령은 두 아들의 손을 잡더니 힘겹게 입을 열었다. 북받치는 감정 때문이었을까, 아니면 육체적인 고통 때문이었을까, 숄토 소령의 목소리는 띄엄띄엄 끊겼다.

"이렇게…, 세상을 떠날 날을 눈앞에 두고 보니…, 한 가지 마음에 걸리는 일이 있구나."

"그게 뭡니까? 모두 훌훌 털어버리세요."

"모스턴 대위의 딸…, 그 가엾은 아이에게 내가 무슨 짓을 한 건지…."

숄토 소령은 괴로운 듯 두 눈을 질끈 감으며 외쳤다.

"저주받을 욕심이여! 내 재산의 절반은 그 아이의 것이거늘."

뜻밖의 이야기에 형제는 깜짝 놀란 얼굴로 서로의 얼굴을 쳐다보았다.

"탐욕이라는 저주받아 마땅한 망령에 일평생을 휩쓸려, 그 아이에게 적어도 절반은 주었어야 했을 보물을 지금까지도 건네주지 않고 움켜쥐고 있다니…. 그 아이의 몫에는 전혀 손도 대지 않았으나 그걸 놓지 못하고 그대로 가지고 있으니, 탐욕이란 참으로 알 수 없는 것이로구나. 그저 내가 소유하고 있음을 즐기느라 타인에게 건네주지 못했어."

숄토 소령은 길게 한숨을 내쉬고는 떨리는 손으로 방 한구석을 가리켰다.

"저기 키니네 병 옆에 있는 진주 염주가 보이지? 저것도 원래는 그 아이에게 주려고 내놓은 것이다. 하지만 저렇게 귀하고 아름다운 물건을 다른 사람에게 준다는 걸 견딜 수가 없더구나. 정말 창피한 일이다. 그러나 아들들아! 너희는 아그라(인도 북부 우타르프라데시주 서부에 있는 도시)의 보물을 공평하게 나누어주거라."

말을 마친 숄토 소령의 얼굴이 묘하게 일그러지는가 싶더니 이내 고통에 찬 신음 소리를 토해냈다.

"하지만 내 목숨이 붙어 있는 동안에 보내서는 안 된다. 저 목걸이도 마찬가지다. 나보다 더 심한 병을 앓다가 씻은 듯이 나은 사람도 있으니까 말이다. 오! 사람이란 이렇게 욕심이 많은 존재란다."

형제는 아버지를 안심시키려는 듯 크게 고개를 끄덕였다.

"이제 모스턴 대위에 관해 얘기해주마. 그 친구는 오래전부터 심장이 나빠 고생하고 있었다. 하지만 사람들한테는 그 사실을 숨기고 있었어. 오직 나만이 그 사실을 알고 있었지. 인도에 있을 때 그 친구와 나는 온

갖 역경을 이겨낸 끝에 막대한 보물을 손에 넣을 수 있었다. 나는 그것을 가지고 먼저 영국으로 돌아왔지. 얼마 후 귀국한 모스턴 대위가 나를 찾아왔다. 제 몫을 달라는 거였지. 그는 기차역에서 여기까지 걸어왔다고 했다. 그 친구를 집 안으로 맞아들인 사람은, 지금은 죽고 없지만 아주 충직했던 하인 랄 초우다였어. 모스턴 대위는 당당하게 제 몫을 요구했지만 나는 그럴 마음이 없었다. 그가 원하는 만큼의 보물을 내놓기가 싫었단다."

소령은 그때의 일이 떠오르는지 두 눈을 질끈 감았다.

"모스턴 대위와 나는 큰 소리를 내며 심하게 싸웠다. 결국 그는 무섭게 화를 내며 의자에서 벌떡 일어났다. 그런데 살기를 띤 그의 얼굴이 고통으로 일그러지는 거야. 벌벌 떠는 손으로 가슴팍을 꽉 움켜쥐는가 싶더니 갑자기 얼굴이 검게 변해버리더구나. 그리고 뒤로 쓰러지고 말았어. 그런데 가혹한 운명의 장난이었을까. 그의 머리가 보물 상자의 모서리에 심하게 부딪히고 말았어. 놀란 내가 몸을 굽히고 들여다보았을 땐 이미 숨이 끊어져 있었다."

상상도 못 했던 고백을 들은 두 아들은 당황한 표정으로 아버지의 얼굴을 쳐다보았다. 하지만 무시무시한 이야기를 쏟아내는 숄토 소령의 얼굴은 이상하리만치 편안해 보였다.

"어쩌야 좋을지 몰라 나는 한동안 멍하니 서 있었다. 가장 먼저 떠오른 생각은 물론 도움을 청하는 것이었다. 하지만 상황이 상황이니만큼 아무래도 내가 살해 누명을 쓰게 될 게 뻔했어. 언쟁을 벌이다 죽은 것이며, 머리에 난 상처까지 모두 내게 불리했으니까. 게다가 경찰의 조사를 받게 되면 내가 지금껏 숨겨온 보물 이야기를 하지 않을 수 없다. 모스턴 대위는 자신의 행선지를 아무에게도 밝히지 않았다고 했어. 그렇다면 경찰을 불러서 굳이 알릴 필요는 없다고 생각했지."

숄토 소령은 이렇게 말하며 허탈한 미소를 지었다.

"그런 고민을 하다가 문득 고개를 들어보니 랄 초우다가 문 앞에 서 있더구나. 그는 방 안으로 얼른 들어와 방문을 잠그고는 이렇게 말했다. '사힙, 걱정하지 마십시오. 사힙께서 죽였다는 걸 굳이 남에게 알릴 필요는 없습니다. 시체를 숨겨버리면 누가 알겠습니까?'라고 말이야.

나는 '지금 무슨 소린가? 난 저 사람을 죽이지 않았어.'라고 말했지만 랄 초우다는 피식 웃으며 고개를 가로저으며 믿지 않았지. 그러고는 '사힙, 저는 이 방에서 나는 소리를 모두 다 들었습니다. 두 분께서 다투는 소리, 뭔가로 내리치는 소리까지 다 들었단 말입니다. 하지만 제가 보고 들은 것은 누구에게도 발설하지 않겠습니다. 무덤까지라도 가져가겠습니다. 지금 집안사람들은 모두 자고 있습니다. 그러니 아무도 모르게, 서둘러 일을 처리하는 게 좋겠습니다.'라고 차분히 말했어.

그의 말을 들은 나는 곧바로 결심했단다. 내 집의 하인조차 내 결백을 믿지 않는데, 배심원석에 앉아 있는 열두 명을 무슨 수로 설득한단 말이냐?"

놀라운 이야기에 형제는 침을 꿀꺽 삼키며 말했다.

"그렇다면…."

"그래, 나는 그와 함께 모스턴 대위의 시체를 처리했단다. 그리고 며칠 뒤 런던의 모든 신문에 모스턴 대위의 의문의 실종에 관한 기사가 지면 가득 실렸어. 자, 이걸로 내게는 죄가 없다는 사실을 알았겠지? 내가 범한 과오라면, 시체뿐만 아니라 보물까지 숨겼다는 거야. 그것도 내 것뿐만 아니라 모스턴 대위의 몫까지 움켜쥐고 놓지 않았다는 것뿐이다. 그래서 나는 모스턴 대위의 몫을 너희들 손으로 돌려주길 바라는 게다. 이리 가까이 오너라. 보물을 숨겨놓은 장소는…."

바로 그때였다. 숄토 소령의 표정이 무섭게 일그러지

더니 두 눈이 미친 사람처럼 흔들렸다. 그는 입을 딱 벌리더니 공포에 찬 목소리로 고래고래 소리쳤다.

"저놈을 내쫓아라! 제발 부탁이다! 저놈을 내쫓아라!"

바솔로뮤와 새디어스는 소령의 시선이 향한 쪽으로 고개를 돌렸다. 그러자 어두운 창밖에서 방 안을 들여다보는 얼굴 하나가 보였다. 코가 유리창에 눌려 있었기 때문인지 코끝이 하얗게 변해 있었다. 덥수룩한 수염이 얼굴 전체를 뒤덮고 있었고, 잔인한 눈빛으로 악의에 넘친 표정을 짓고 있었다. 형제는 재빨리 창문 쪽으로 달려갔지만, 그 사내는 이미 사라지고 없었다. 창 주위를 살피던 두 사람이 혹시 잘못 본 것이 아닐까 생각하며 숄토 소령의 곁으로 돌아왔을 때, 소령은 이미 머리를 축 늘어뜨린 채 숨을 거둔 뒤였다.

그날 밤, 형제는 저택의 정원을 샅샅이 뒤져보았다. 하지만 창문 바로 밑 화단에 난 발자국 하나를 제외하고는 침입자의 흔적을 찾을 수 없었다. 만약 그 발자국마저 없었다면 그 끔찍한 얼굴은 상상 속의 인물이라고 생각했을지도 모른다. 그러나 얼마 지나지 않아 두 사람은 그들 주위에 보이지 않는 어떤 힘이 있다는 충격적인 증거를 잡는다.

다음 날 아침, 바솔로뮤와 새디어스가 아버지 방으로

가보니, 창문이 열려 있었고 벽장과 상자를 뒤진 흔적이 있었으며, 필기체로 '네 사람의 서명'이라고 적어놓은 종이쪽지가 죽은 아버지의 가슴 위에 꽂혀 있었다. 하지만 도대체 그 말이 무슨 뜻인지, 정체를 알 수 없는 방문자가 누구인지는 끝내 알 수 없었다. 그들이 알 수 있는 것이라곤, 방 안이 온통 뒤집혀 있을 뿐 아버지의 재산 중 도둑맞은 것은 하나도 없다는 사실이었다. 이후로 이 사건은 새디어스의 인생에서 가장 풀기 힘든 수수께끼가 되어버렸다.

***

말을 마친 새디어스 숄토는 물 담뱃대에 다시 불을 붙였다. 그리고 깊은 생각에 잠긴 얼굴로 담배를 빨아들이고 연기를 내뿜기를 반복했다. 우리 세 사람은 모두 넋을 놓고 이 이상한 이야기를 들었다.

아버지가 어떻게 돌아가셨는지 알게 된 모스턴 양의 얼굴은 파랗게 질려 있었다. 일순 나는 그녀가 쓰러지는 게 아닐까 싶어 걱정했다. 나는 옆 테이블 위에 놓여 있던 베니스제 주전자에 담긴 물을 컵에 따라 건넸고, 그 물을 마신 그녀는 곧 냉정을 되찾았다.

홈즈는 완전히 마음을 빼앗긴 듯한 표정으로 의자 등받이에 등을 기대고 앉아 가늘게 뜬 눈을 반짝였다. 그 모습을 언뜻 본 나는, 오늘 아침에 인생이 따분하다며 푸념을 늘어놓던 그의 모습을 떠올리지 않을 수 없었다. 그랬던 그에게 지금, 철저하게 지혜를 짜내지 않으면 안 될 문제가 적어도 하나는 생긴 셈이었다.

새디어스 숄트는 그럴 줄 알았다는 표정으로 이야기에 빠져 있던 우리의 얼굴을 차례대로 쳐다본 뒤, 너무 커서 멋이라고는 조금도 찾아볼 수 없는 파이프를 빽빽 빨아대면서 다시 이야기를 계속했다.

"이미 짐작하셨겠지만, 형과 나는 아버지에게서 들은 보물 이야기 때문에 완전히 흥분 상태에 빠지고 말았습니다. 그로부터 몇 주일 동안, 아니 몇 개월 동안 보물이 어디에 있는지도 모른 채 정원을 온통 파헤쳤으나 결국 찾을 수 없었습니다. 아버지가 마지막 순간에 숨겨진 곳을 말하려 했다는 사실을 생각하면 머리가 돌아버릴 지경이었습니다. 당시 아버지가 꺼내놓았던 진주 염주를 보건대, 그 감춰진 곳을 알 수 없는 보물들은 굉장할 게 틀림없습니다.

진주 염주 때문에 형과 나는 가벼운 언쟁을 벌였습니다. 진주가 매우 값비쌌기 때문에 형은 그것을 다른 사람에게 건네길 원치 않았습니다. 솔직히 말씀드리자면, 형은 아버지를 닮아서 욕심이 많은 편입니다. 그래서 형도 진주 염주를 다른 사람에게 건네주면 금방 소문이 퍼져서, 결국에는 귀찮은 일이 일어날지도 모른다고 생각했지요. 저로서는 모스턴 양의 주소를 알아낸 다음, 최소한 생활에 곤란을 겪지 않을 정도만이라도 도와주자고 했지요. 일정한 간격을 두고 진주를 한 알씩 보내면 쓸데없는 말썽은 일어나지 않을 것이라고 형을 설득할 수밖에 없었습니다."

"그렇게 마음을 써주셨다니, 정말 감사합니다."

모스턴 양이 진심이 담긴 목소리로 말하자 새디어스는 두 손을 휘저으며 손사래를 쳤다.

"저는 당신의 재산을 잠시 보관하고 있을 뿐이라고 생각합니다. 물론 형의 생각은 다르지만 말입니다. 사실 우리 형제에게 돈은 충분히 많습니다. 저는 더 이상 바라지도 않습니다. 게다가 숙녀에게 그렇게 비열한 행동을 하는 건 예의가 아니라고 생각했습니다. '부도덕한 성향은 범죄로 이어지게 된다.'라는 프랑스 속담도 있지 않습니까? 정말 멋진 말이지요."

모스턴 양이 고개를 끄덕이자 새디어스의 얼굴에 만족스러운 기색이 떠올랐다.

"어쨌든 이 문제에 대한 우리 형제의 의견이 너무나도 상반되기 때문에, 제 나름대로 문제를 풀어가는 게 가장 좋겠다고 판단했습니다. 그래서 저는 아까 그 늙은 인도인 하인과 윌리엄스를 데리고 폰티체리 저택에서 나와버렸습니다. 그런데 어제 매우 중대한 일이 일어난 사실을 알았습니다. 보물이 발견된 것입니다. 그래서 바로 모스턴 양에게 편지를 보낸 겁니다. 이제 남은 일은 노우드로 가서 정당한 몫을 요구하는 일뿐입니다. 형에게는 어젯밤에 제 생각을 설명해두었으니, 반기지는 않더라도 우리를 기다리고 있을 겁니다."

이야기를 마친 새디어스 숄토는 화려한 의자에 앉은 채 얼굴을 꿈틀거렸다. 우리는 한동안 입을 다문 채 생각에 잠겼다. 의문투성이였던 사건이 새로운 국면으로 접어들었다. 우리의 머릿속은 온통 그 생각으로 가득했다. 홈즈가 먼저 자리에서 일어나며 말했다.

"당신은 모든 일을 아주 잘 처리했군요. 그에 대한 보답으로 당신이 아직 모르고 있는 일들을 조금 알려드리고 싶지만, 지금은 그럴 때가 아니군요. 조금 전에 모스턴 양이 말했던 것처럼 밤도 꽤 깊었으니 얼른 출발해서 일을 마무리하는 편이 나을 것 같습니다."

새디어스는 고개를 끄덕이며 아주 조심스럽게 물 담

배를 제자리에 놓았다. 그리고 목깃과 소맷부리에 아스트라한 모피를 대고 가슴에 장식 끈이 있는 아주 길고 화려한 긴 외투를 커튼 뒤에서 꺼냈다. 푹푹 찌는 듯한 밤이었음에도 외투 단추를 전부 채운 그는 귀 덮개가 달린 토끼털 모자를 썼다. 그 때문에 꿈틀꿈틀 움직이는 여윈 얼굴만 보였다.

“몸이 좀 약해서 언제나 질병을 조심해야 합니다.”

앞장서서 복도를 걸어가며 그가 변명하듯 말했다. 밖으로 나오니 마차가 기다리고 있었다. 마차는 우리의 행선지를 알고 있는 듯 마지막 사람이 타자마자 바로 달렸다. 새디어스는 마차 바퀴가 내는 소리보다 더 커다란 목소리로 끊임없이 말을 해댔다.

“바솔로뮤 형은 아주 머리가 좋아요. 형이 어떻게 보물이 있는 곳을 알아냈다고 생각하십니까? 형은 우선 ‘보물은 반드시 집 안 어딘가에 있을 것’이라는 결론을 내렸습니다. 그리고 집 안 전체를 돌아다니며 일일이 치수를 쟀답니다. 1인치라도 숨겨진 부분이 있는지 찾아보려고요. 무엇보다도 먼저 건물 높이가 74피트라는 사실을 알게 되었는데, 각 층에 있는 방의 높이를 더한 것에 바닥과 천장에 구멍을 뚫어서 측정한 층과 층 사이의 두께를 더해도 합계가 70피트를 넘지 않았습니다.”

"4피트의 오차를 발견한 거군요?"

"그렇습니다. 그래서 형은 제일 위층에 있는 방의 천장에 구멍을 뚫었습니다. 아니나 다를까 천장 위에는 또 하나의 조그만 다락방이 있었습니다. 그곳은 완전히 밀봉되어 있었기 때문에 아무도 존재를 몰랐는데, 다락방 가운데에 있는 두 개의 들보 위에 보물 상자가 놓여 있었습니다. 형의 말에 따르면, 이 보물들의 가치는 적어도 50만 파운드 이상은 될 것이라고 합니다."

상상도 못 할 어마어마한 액수에 우리는 눈을 동그랗게 뜨고 서로의 얼굴을 바라보았다. 우리가 모스턴 양의 권리를 확보해주기만 한다면, 그녀는 가난한 가정교사 신분에서 단번에 영국에서 가장 부유한 상속인으로 바뀌는 것이다. 이런 사실을 알게 되었을 때 진정한 친구라면 진심으로 기뻐했을 것이다. 하지만 이기적인 나는—좀 부끄러운 이야기이지만—마음이 납덩이처럼 무거워졌다. 모스턴 양에게 우물쭈물 축하의 말을 건넨 나는 고개를 숙이고 시선을 내리깔았다. 새디어스의 말도 더 이상 귀에 들어오지 않았다.

새디어스는 의심할 여지도 없는 만성 심기증 환자로, 여러 가지 병의 징후에 대해서 끝도 없이 이야기를 해댔다. 그리고 엉터리 약—그중 몇 개는 가죽 케이스에

담아 주머니 속에 넣고 다녔다—의 이름을 줄줄이 외워대며 그 성분과 효과에 대해 가르쳐달라고 했다.

나는 계속해서 꿈을 꾸는 듯한 멍한 기분에 잠겨 있었기 때문에, 부디 그날 밤 내가 했던 대답을 그가 하나도 귀담아듣지 않기를 바라고 있다. 홈즈는 내가 피마자기름을 두 방울 이상 복용하는 것은 매우 위험한 일이며, 진정제로는 스트리크닌(중추 신경 흥분제)을 다량 복용하는 것이 좋다고 권하는 소리를 들었다고 아직도 나를 놀려댄다.

어쨌든 크게 한 번 흔들리며 마차가 멈춰 서고 마부가 뛰어내려 문을 열어줬을 때, 나는 안도의 한숨을 내쉬었다. 마차에서 먼저 내린 새디어스 숄토가 모스턴 양에게 손을 내밀며 말했다.

"모스턴 양, 여기가 폰티체리 저택입니다."

폰티체리 저택의 비극

우리는 밤 11시가 가까워오는 시각에 그날 모험의 마지막 무대에 도착했다. 대도시를 짓누르던 축축한 안개는 어느덧 사라지고 밤하늘은 맑게 개어 있었다. 서쪽에서 불어오는 따뜻한 바람이 무거운 구름을 밀어내자 반달이 이따금씩 얼굴을 내밀었다. 그다지 어둡지 않은 밤이었으나 새디어스 숄토는 마차 옆의 램프를 하나 떼어 들고 우리의 발밑을 비춰주었다.

높은 돌담으로 둘러싸인 폰티체리 저택은 위용을 과시했다. 돌담 꼭대기에는 날카로운 유리조각이 박혀 있었고, 출입문이라고는 무쇠빗장이 달린 문 하나가 전부였다. 새디어스는 마치 우편집배원처럼 희한한 방식으로 문을 두드렸다.

"누구쇼?"

소리를 지르는 듯한 거친 목소리가 안에서 들려왔다.

"날세, 맥머도. 이렇게 문을 두들길 사람이 나 말고 또 있겠나?"

뭐라고 중얼거리는 소리와 함께 덜컥덜컥 빗장을 벗겨내는 소리가 들렸다. 육중한 문이 열리자 그 안에 서 있는 키 작고 가슴이 떡 벌어진 사내가 보였다. 그의 손에 들린 노란 램프 불빛이 그의 얼굴과 의심스럽다는 듯이 껌뻑이는 눈을 비추었다.

"이야, 새디어스 도련님! 그런데 함께 오신 분들은 누구시죠? 다른 분과 오신다는 얘기는 주인님한테서 듣지 못했는데요."

"뭐라고? 어떻게 그럴 수가 있지? 내가 분명히 어제 저녁에 친구 몇 명과 함께 올 거라고 형에게 말했는데."

"주인님은 오늘 하루 종일 방에만 계셨기 때문에 저는 아무런 말도 듣지 못했습니다. 도련님, 잘 아시다시피 규칙을 어길 수는 없는 일입니다. 도련님은 들어오셔도 상관없지만 친구 분들은 여기서 기다릴 수밖에 없습니다."

예상치 못한 귀찮은 일이 발생했다. 새디어스가 아주 난처하게 되었다는 표정으로 주위를 둘러봤다. 그러고는 말했다.

"너무 깐깐하게 굴지 말게나, 맥머도! 내가 이분들의 신분을 보장하면 되지 않겠나. 숙녀 분도 계시는데, 이렇게 늦은 시각에 길에서 기다리게 할 수는 없네."

문지기는 눈 하나 꿈쩍이지 않고 대답했다.

"죄송합니다. 도련님께는 친구일지 몰라도 주인님께는 친구도 아무것도 아닙니다. 주인님께선 일을 철저하게 수행하라고 제게 많은 급여를 주십니다. 그러니 저 또한 주인님께 충성을 다해야지요. 게다가 도련님의 친구 분들 중에는 제가 아는 얼굴이 전혀 없군요."

그러자 홈즈가 커다란 목소리로 부드럽게 말했다.

"아니, 아는 얼굴이 없다니. 맥머도, 자네 설마 나를 잊은 건 아니겠지? 4년 전 자네를 위한 후원회가 열렸던 날 밤에 멜리슨의 집에서 자네와 3라운드 시합을 가졌던 아마추어를 벌써 잊었는가?"

프로 권투 선수 맥머도가 깜짝 놀라며 말했다.

"아니, 당신은 셜록 홈즈 씨 아닙니까? 당신을 어떻게 잊을 수 있겠습니까? 당신이 그렇게 말없이 서 계시는 대신 느닷없이 제 턱에 어퍼컷을 날렸다면 금방 알아봤을 텐데요. 그런데 보아하니 당신도 재능을 살리질 못했군요. 프로 세계에 뛰어들었다면 훨씬 더 높은 곳에 올라섰을지도 모르는데."

"어떤가, 왓슨? 다른 모든 것이 나를 저버린다 해도 아직 이처럼 고도의 기술을 요하는 직업 하나 정도는 나를 기다리고 있다네."

홈즈가 장난스럽게 껄껄 웃으며 말을 이었다.

"이제 이렇게 썰렁한 길바닥에 서서 기다리지 않아도 되겠군."

"자, 어서 안으로 들어오세요. 여러분, 어서 안으로 들어오세요."

우리를 안으로 안내하며 맥머도가 약간 미안해하는 표정으로 말했다.

"죄송합니다, 새디어스 도련님. 주인님께서 워낙 엄격하게 명령을 내리셔서 어떤 분들인지 알기 전에는 안으로 들일 수가 없었습니다."

문 안으로 들어서니 황량하기 짝이 없는 정원에 자갈이 깔린 좁은 길이 커다랗고 네모난 집 앞까지 구불구불 이어져 있었다. 그 건물은 나무 그림자에 완전히 가려져 있었으며 달빛이 건물 위로 난 창 하나를 희미하게 비추고 있을 뿐이었다. 짙은 어둠 속에서 죽음처럼 고요한 집을 보고 있으니 어쩐지 몸이 오싹해졌다. 새디어스조차도 이상한 기분이 들었는지, 손에 들고 있던 램프가 달그락거리는 소리를 낼 정도로 손을 떨고 있었다.

"아무래도 이상한데요. 무슨 착오가 생긴 것 같아요. 오늘 밤에 친구를 데리고 온다고 형에게 분명히 얘기했는데도 방에 불을 켜놓지 않았어요. 이를 어떻게 해석해야 할지 모르겠습니다."

"형님은 언제나 이렇게 집 안을 어둡게 해놓고 경계하십니까?"

홈즈가 묻자 새디어스가 곧장 답했다.

"네, 아버지가 하셨던 대로 하고 있습니다. 형은 아버지의 사랑을 독차지하며 자랐습니다. 저는 이따금 아버지가 형에게만 특별히 무슨 말씀을 하신 것이 아닌가 하는 생각이 듭니다. 달빛이 비치는 저쪽 창이 형의 방입니다. 좀 밝게 보입니다만, 방 안에 불이 켜져 있는 것 같진 않습니다."

"정말 그러네요. 하지만 그 옆의 작은 창에서는 빛이 새어나오고 있군요."

홈즈의 말에 새디어스가 말했다.

"아, 저건 가정부의 방입니다. 번스턴 부인이 쓰고 있습니다. 그녀에게 물어보면 모든 사실을 알 수 있을 겁니다. 죄송하지만 여기서 잠깐, 한 1~2분만 기다려주십시오. 그녀는 아직 우리가 온다는 사실을 모를 수도 있어서요. 우리가 한꺼번에 안으로 들어가면 놀랄지도 모릅니다. 쉿, 조용히! 저건 무슨 소리죠?"

새디어스는 램프를 높이 쳐들었는데, 그의 손이 떨려 동그란 빛이 우리 주위를 어른거리며 춤을 추었다. 모스턴 양이 내 손을 잡았다. 우리는 떨리는 가슴으로 귀를 기울였다.

밤의 적막을 뚫고 크고 어두운 집 안에서 더할 나위 없이 슬프고 애달픈 목소리가, 겁을 먹은 듯한 여자의 날카롭고 띄엄띄엄 끊기는 흐느낌이 들려왔다.

"번스턴 부인입니다. 이 집에 다른 여자는 없습니다. 여기서 기다려주십시오. 금방 돌아오겠습니다."

이렇게 말한 새디어스는 서둘러 문 앞으로 다가가 조금 전과 다름없이 특이한 방법으로 문을 두드렸다. 문이 열리자 안에서 키가 크고 나이 든 여자가 모습을 드러냈다. 새디어스를 본 그녀는 아주 반갑다는 몸짓으로 그를 안으로 맞아들였다.

"어머, 새디어스 도련님. 잘 오셨어요! 정말 잘 오셨어요, 도련님!"

기쁨에 들뜬 목소리가 그렇게 되풀이되다가 곧 문이 닫혔고, 그 뒤에는 그저 두런두런 이야기하는 소리만 들려와 내용을 알아들을 수 없었다.

홈즈는 새디어스가 두고 간 램프를 들고 천천히 주위를 살펴보기 시작했다. 어둠 속에서도 그의 눈은 날카롭게 빛났다. 정원 여기저기에는 흙무더기가 높이 쌓여 있었다. 모스턴 양과 나는 손을 꼭 쥔 채 서 있었다.

사랑! 그것은 참으로 놀랍고도 묘한 감정이다. 지금 우리는 이렇게 함께 있지만 오늘 처음 만난 사이였고, 그때까지도 사랑의 감정을 담은 말 한마디 주고받지 않았다. 아니, 따뜻한 눈길조차 건네지 못했다. 하지만 힘겨운 시간을 함께 보내면서 그녀와 나는 본능적으로 서로의 손을 꼭 잡았다. 누가 먼저랄 것도 없이 아주 자연스럽게 말이다.

지금은 신기한 일이라고 생각하지만, 당시에는 그렇게 하는 것이 아주 자연스러운 행동으로 여겨졌다. 그녀도 "그때 당신과 손을 맞잡고 있으니 누군가가 지켜주고 있는 듯해서 아주 든든했어요."라고 늘 말한다.

어쨌든 그날 밤, 그렇게 아이들처럼 손을 잡고 서 있자니 점점 마음이 편안해져서 어느 틈엔가 어둠이 무섭지 않아졌다. 모스턴 양이 주위를 둘러보며 말했다.

"정말 이상한 곳이군요. 마치 영국에 사는 두더지를 전부 여기에 풀어놓은 듯한 느낌이에요. 오스트레일리아의 발라렛 금광 근처에서 이것과 비슷한 풍경을 본 적이 있었는데, 금맥을 찾으려는 사람들이 산 중턱에서 열심히 땅을 파헤친 거였어요."

"여기도 비슷한 이유로 파헤쳐졌죠. 이건 보물을 찾기 위해서 파헤친 구멍이에요. 6년 동안이나 보물을 찾았다고 했잖아요. 정원 여기저기에 사금 채취를 위해 뚫어놓은 듯한 구멍이 있는 것도 당연한 일이죠."

그때 현관문이 열리더니 새디어스가 겁에 질린 눈으로 두 손을 앞으로 내민 채 뛰쳐나와 외쳤다.

"형에게 무슨 일이 일어난 듯합니다! 무서워요! 무서워서 머리가 어떻게 되어버릴 것 같아요!"

극심한 공포감 때문에 그의 얼굴은 겁에 질린 어린 아이처럼 울상이 되었으며, 커다란 외투의 아스트라한 모피를 댄 목깃 사이로 경련이 이는 게 보였다.

"안으로 들어갑시다."

늘 그렇듯 홈즈가 또렷하고 분명한 소리로 말하자 새디어스가 애원하듯 말했다.

"네, 그렇게 해주십시오. 저는 어떻게 해야 좋을지 모르겠습니다."

우리는 홈즈를 따라서 복도 왼쪽에 있는 가정부의 방으로 들어갔다. 그녀는 공포에 질린 표정으로 불안한 듯 방 안을 서성이고 있었다. 그러다가 모스턴 양의 얼굴을 보자 안심이 되는지 걸음을 멈추었다. 그녀가 모스턴 양을 향해 엷은 미소를 지으며 말했다.

"어쩌면 이렇게 예쁘고 평화로운 얼굴이 있을까! 아가씨를 보니 마음이 좀 편해지는군요."

하지만 그것도 잠시, 그녀의 목소리는 갑자기 신경질적으로 변했다.

"오, 오늘 하루는 정말 힘든 날이었어요."

모스턴 양은 가정부의 거칠고 여윈 손을 잡고 부드럽게 쓰다듬으며 말했다.

"마음을 편히 가지세요. 괜찮아질 거예요."

모스턴 양의 말이 위로가 되었는지 가정부의 거친 숨소리가 잦아들면서 얼굴에 생기가 돌기 시작했다. 번스턴 부인이 사정을 설명했다.

"주인님이 문을 잠근 채 아무리 불러도 대답하지 않으셨어요. 혼자 조용히 있는 걸 좋아하셔서 종종 그럴 때가 있었기에, '시간이 좀 지나면 대답하시겠지.' 하고는 아침부터 계속 기다렸죠. 그런데 한 시간쯤 전에 아무래도 뭔가 불안한 생각이 들어서, 올라가 열쇠 구멍으로 안을 들여다봤어요. 새디어스 도련님, 한번 올라가서 직접 확인해보세요. 바솔로뮤 주인님이 기뻐하거나 슬퍼하는 모습을 벌써 10년째 보아왔지만, 그런 표정은 오늘 처음 봤어요."

새디어스는 이를 딱딱 맞부딪칠 정도로 공포에 질려 있었다. 하는 수없이 홈즈가 램프를 들고 앞장섰고, 나는 새디어스의 팔을 부축한 채 계단을 올랐다. 새디어스는 똑바로 걸을 수 없을 정도로 다리를 떨고 있었다. 모스턴 양은 겁먹은 가정부와 함께 아래층에 남았다.

두 번째 계단을 오르던 중 홈즈는 주머니에서 확대경을 꺼내 코코넛 수염으로 짠 깔개 위의 흔적을 주의 깊게 살폈다. 확실한 형태를 갖춘 것이 아니라서 내 눈에는 그저 먼지가 묻어 얼룩진 것처럼 보일 뿐이었다. 홈즈는 램프를 낮춰 발밑을 비추더니, 날카로운 눈초리로 좌우를 살피면서 천천히 계단을 올랐다.

2층에 올라가자 직선으로 쭉 뻗은 복도가 나왔다. 복도 오른쪽 벽에는 커다란 무늬로 짜인 태피스트리가 걸려 있었고, 복도 왼쪽에는 문이 세 개 나란히 있었다. 홈즈는 흐트러짐 없는 걸음걸이로 천천히 앞으로 나갔다. 우리는 복도 바닥에 검고 긴 그림자를 남기며 홈즈의 바로 뒤를 따랐다.

세 번째 문이 우리가 목표로 삼는 방문이었다. 방문을 노크해도 답이 없자 홈즈는 손잡이를 돌려 문을 밀어보았다. 그러나 문은 열리지 않았다. 램프를 들어 잘 살펴보니 굵고 튼튼해 보이는 빗장이 걸려 있었다. 하지만 빗장을 완전히 내려놓지 않았기 때문에 열쇠 구멍이 완전히 막혀 있지는 않았다. 몸을 숙여 그 구멍으로 안을 들여다본 홈즈는 짧은 외침과 함께 바로 몸을 일으켰다.

"끔직한 일이 벌어졌네, 왓슨."

나는 지금까지 홈즈가 이렇게 동요하는 모습을 본 적이 없었다. 홈즈가 내게 손짓하며 말했다.

"자네도 한번 보게나."

나는 몸을 숙여 열쇠 구멍으로 안을 들여다봤고 너무나도 끔찍한 광경에 나도 모르게 뒷걸음질하며 물러났다.

방 안은 창을 통해 흘러든 달빛으로 희미하게 밝아 있었다. 그리고 거기에는 하나의 얼굴이 있었는데, 목 아래는 어두워서 보이지 않았기 때문에 얼굴만이 공중에 떠 있는 듯한 모습으로 정면이 이쪽을 향해 있었다. 그것은 바로 우리와 함께 온 새디어스의 얼굴이었다.

높이 솟아올라 번쩍번쩍 빛나는 대머리도, 둥그렇게 머리를 둘러싼 모양으로 자란 억센 붉은 머리카락도, 핏기 없는 얼굴빛도 똑같았다. 그런데 그 얼굴이 억지로 이까지 드러낸 채 음흉하게 웃고 있었다. 그런 얼굴이 조용한 방 안에서 달빛을 받고 있는 모습을 본다면 누구라도 오싹해질 것이다.

너무나도 똑같은 얼굴이었기 때문에 나는 뒤돌아서서 새디어스가 있는지를 확인해보기까지 했다. 그리고 그제야 간신히 그가 쌍둥이 형제라는 사실을 기억해냈다.

“어떻게 생각하지?”

홈즈의 물음에 내가 외쳤다.

“정말 끔찍하군! 이제 어떻게 해야 하나?”

“우선 문부터 부숴야겠네.”

이렇게 대답한 홈즈는 체중을 실어 맹렬한 기세로 문을 밀었다. 문은 삐걱거리는 소리를 냈지만 열리지는 않았다. 다시 한 번 모두 함께 달려들자 이번에는 부서지는 소리와 함께 문이 열렸다. 나는 바솔로뮤 숄토의 방으로 나뒹굴 듯 들어갔다.

방 안에는 화학 실험실과 같은 설비들이 갖춰져 있었다. 문 맞은편 벽에는 유리 마개로 덮은 병들이 두 줄로 늘어서 있었고, 테이블 위에는 분젠 버너, 시험관, 증류기 등이 어지럽게 흩어져 있었다. 구석에는 여러 개의 고리버들 바구니가 있었는데, 그 안에는 산성 물질을 담은 커다란 병들이 담겨 있었다. 그중 하나가 새거나 깨졌는지 거뭇한 액체가 흘러나왔고, 코를 심하게 자극하는 타르와 비슷한 냄새가 방 안 가득히 고여 있었다.

방 한쪽에는 벽토 부스러기가 지저분하게 쌓여 있었고, 그 가운데에 사다리 하나가 놓여 있었다. 사다리 위 천장에는 사람 하나가 드나들 정도의 구멍이 뚫린 상태였다. 사다리 옆에는 긴 밧줄 한 묶음이 아무렇게나 버려져 있었다.

저택의 주인은 테이블 옆, 팔걸이가 달린 의자에 축 늘어져 있었는데, 머리를 왼쪽 어깨 쪽으로 떨구고 그 기분 나쁜 미소를 짓고 있었다. 몸은 이미 식어 있었고 경직된 것으로 보아, 죽은 지 벌써 몇 시간이 경과되었음을 알 수 있었다.

자세히 살펴보니 얼굴뿐만 아니라 손과 발도 전부 아주 묘한 상태로 뒤틀려 있었다. 테이블 위, 그의 손과 가까운 곳에 좀 특이한 도구가 놓여 있었는데, 결이 고운 갈색 막대기 끝에 돌멩이를 거친 삼실로 묶어 망치처럼 만든 것이었다. 그 옆에 필기체로 몇 글자가 적힌 종이쪽지가 있었다. 그것을 한 번 슥 들여다본 홈즈가 내게 건네고는 의미심장하게 눈썹을 한 번 치켜 올리며 말했다.

"역시 생각한 대로군."

램프의 불빛을 비춰 그 종이쪽지에 적힌 글자를 읽은 나는 섬뜩해졌다. 온몸의 털이 쭈뼛 서는 것 같았다.

'네 사람의 서명'

"맙소사! 이건 대체 무슨 의미지?"

내가 떨리는 목소리로 묻자 홈즈가 죽은 사람을 이리저리 살피며 말했다.

"그건 살인을 뜻한다네. 오호라! 생각했던 대로군. 이걸 좀 보게!"

홈즈가 가리키는 곳을 보니 놀랍게도 귀 바로 위쪽에 길고 검은 가시 같은 것이 꽂혀 있었다.

"무슨 가시 같은데."

"침이라네. 빼서 봐도 상관없어. 하지만 조심하게나, 독이 묻어 있으니."

내가 엄지손가락과 집게손가락으로 침을 조심스럽게 당기자 그것은 쉽게 피부에서 뽑혀 나왔다. 침이 꽂혀 있던 자리에는 아무런 자국도 남지 않았다. 다만 침이 빠져나온 부위에 아주 소량의 혈액이 보일 듯 말 듯 묻어 있을 뿐이었다.

"나는 뭐가 뭔지 하나도 모르겠네. 점점 풀리는 게 아니라 더 어려워지고 있어."

내가 고개를 갸웃거리며 말하자 홈즈가 대꾸했다.

"아니, 일이 점점 명확해지고 있네. 사건에 관련된 두어 가지 일만 더 밝혀지면 이제 거의 풀린 거나 마찬가지일세."

그런데 우리는 방에 들어서는 순간부터 그때까지 새디어스 숄토의 존재를 까맣게 잊고 있었다. 새디어스는 거대한 바윗돌처럼 문 앞에 꼼짝 않고 서서 두 손을 비비며 신음하고 있었다. 세상에 존재하는 공포란 공포는 혼자서 다 짊어진 듯한 모습이었다. 그런데 갑자기 그가 분노에 가득 찬 목소리로 고래고래 소리를 질렀다.

"보물이 사라졌다!"

새디어스의 찢어지는 듯한 목소리가 방 안 가득 울려 퍼졌다.

"보물이 없어졌어요! 누군가가 보물을 훔쳐갔어요!"

홈즈가 침착하라고 말했지만 새디어스는 더욱더 흥분하여 소리쳤다.

"천장에 뚫린 저 구멍으로 보물을 꺼냈단 말입니다! 형이 보물을 꺼낼 때 저도 도왔습니다. 마지막으로 형을 만난 건 저였습니다. 어젯밤에 저는 여기 왔다가 집으로 돌아갔는데, 계단을 내려갈 때 형이 문을 잠그는 소리를 들었습니다."

"그게 몇 시였죠?"

"10시였습니다. 그런데 지금 이렇게 형이 죽어버렸으니, 경찰이 연락을 받고 달려온다면 내가 죽인 거라고 의심할 게 뻔합니다. 틀림없이 의심받을 거예요. 하지만 당신들은 그렇게 생각하지 않으시죠? 설마 제가 범인이라고 생각하는 건 아니겠죠? 제가 범인이라면 당신들을 여기로 데려올 리가 없지 않습니까? 아, 어쩌면 좋지? 이걸 어쩌나! 머리가 돌아버릴 것 같아!"

그는 정말 미쳐버린 사람처럼 팔을 휘젓고 발을 동동 굴렀다. 홈즈가 새디어스의 어깨에 가만히 손을 얹으며 부드러운 목소리로 말했다.

"새디어스 씨, 조금도 걱정할 필요 없어요. 다른 말은 하지 않겠습니다. 일단 마차를 타고 경찰서로 가서 어떻게 된 일인지 모두 설명하세요. 그리고 가능한 한 협력하세요. 우리는 당신이 돌아올 때까지 여기서 기다리겠습니다."

조그만 사내는 반신반의하는 눈치였지만 일단 홈즈의 말에 따랐다. 잠시 후 그가 어둠 속에서 비틀거리며 계단을 내려가는 소리가 들려왔다.

두 명의 범인

"자, 왓슨!"

매우 흥미롭다는 듯이 두 손을 비비며 입맛을 다신 홈즈가 말했다.

"이제 30분 정도 여유가 있네. 그 시간을 잘 이용해 보세. 아까도 얘기했지만, 사건의 전모를 대충 파악했네. 하지만 지나친 자신감 때문에 일을 망쳐서는 안 되겠지. 아직까지는 단순한 사건처럼 보이지만, 그 뒤에 어떤 복잡한 문제가 얽혀 있을지도 모르는 일이니까."

"이 사건이 단순하다고?"

내가 말도 안 된다는 듯 소리치자 홈즈가 학생들 앞에서 임상의학을 강의하는 교수 같은 어투로 말했다.

"그렇다네. 잠깐 저쪽으로 가서 앉아주겠나. 여기저기 발자국을 남기면 일이 복잡해지니까 말이야. 그럼 시작해볼까. 우선 범인들이 어디로 들어와서 어디로 나갔느냐는 점일세. 문은 어젯밤부터 계속 잠긴 채였다고 하니, 거긴 아닐 걸세. 창은 어떨까?"

그는 램프를 들고 가서 창가를 살펴보기 시작했다. 그리고 관찰한 내용을 하나하나 소리 내어 말했는데, 그것은 나에게 하는 말이라기보다 자기 자신에게 하는 말 같았다.

"창문은 안에서 고리를 채워놓았군. 창틀도 아주 튼튼하고 경첩에도 이상은 없어. 열어볼까? 근처에 홈통도 없군. 지붕에도 손은 닿지 않아. 그런데 누군가 창틀에 올라섰나 보군. 어젯밤에는 비가 조금 내렸지. 창턱 위에 진흙이 묻은 발자국이 찍혀 있어. 그리고 여기에도 둥근 진흙 자국이 남아 있고, 여기 방바닥에도, 테이블 옆에도 찍혀 있군. 어떤가? 왓슨, 이건 정말 결정적인 증거일세."

나는 윤곽이 확실하게 드러나 있는 둥근 진흙 자국을 살펴보며 말했다.

"이건 발자국이 아닌데."

"그건 발자국보다도 더 우리에게 도움이 되는 것일세. 의족 자국이지. 하지만 보게, 창턱 위에는 구두 자국이 남아 있어. 그것도 뒤꿈치에 커다란 금속을 박은 무거운 구두지. 그리고 그 옆에 의족 자국이 남아 있네."

"그렇다면 의족을 한 사내란 말인가?"

"그렇지. 하지만 한 사람이 더 있었어. 솜씨가 아주 좋은 공범자가 말일세. 왓슨, 자네는 이 벽을 타고 여기까지 올라올 수 있겠나?"

나는 활짝 열린 창으로 아래를 내려다보았다. 달빛이 여전히 저택의 벽면을 밝게 비추고 있었다. 창은 땅에서 60피트 이상 높이 나 있었고, 벽에는 어디를 봐도 발을 디딜 만한 곳이 없었으며, 벽돌과 벽돌 사이에도 틈이나 발판 따위는 없었다.

"도저히 불가능하네."

내가 고개를 저으며 말하자 홈즈가 답했다.

"도와주는 사람이 없다면 그렇겠지. 하지만 공범이 먼저 들어와서 저 구석에 있는 굵은 밧줄을 내려주었다고 가정해보세. 그는 밧줄의 한쪽 끝을 저 벽에 있는 커다란 못에 단단히 묶었을 거야. 그러면 아무리 의족을 한 사람이라도 몸이 웬만큼 날렵하다면 충분히 기어오를 수 있을 거야."

"나갈 때도 같은 방법을 썼을까?"

"물론이야. 그런 다음 공범은 밧줄을 끌어올리고 못에서 매듭을 풀고 창문을 안에서 잠근 거야. 그리고 자신도 원래 있던 곳을 통해 나갔을 걸세."

홈즈가 밧줄을 만지작거리면서 말을 이었다.

"또 한 가지, 이건 그다지 중요한 점은 아니지만, 이 의족을 한 사람은 능숙하게 기어오르기는 했지만 뱃사람은 아니네. 손바닥에 굳은살이라고는 조금도 박여 있지 않으니 말일세. 돋보기로 밧줄을 살펴보니 핏자국이 여기저기 남아 있었는데, 특히 끝부분에 많이 남아 있었네. 그 점으로 미루어보아 이 사내는 너무 서둘러 내려가다가 손바닥이 벗겨진 것 같아."

"그렇군. 거기까진 잘 알겠네. 하지만 사건은 더 복잡해진 것 같아. 그 베일 속의 공범자는 어떻게 된 건가? 그 녀석은 어떻게 이 방에 들어온 거지?"

"맞아, 바로 그 공범!"

홈즈가 생각에 잠긴 얼굴로 말했다.

"그 공범자에게서는 여러 가지 재미있는 특징들을 찾아볼 수 있네. 이 녀석이 없었다면 사건은 아주 평범해졌을 거야. 이런 공범자가 영국의 범죄 기록에 등장하는 건 틀림없이 처음일 걸세. 하지만 인도에서는 분명히 이와 같은 사건이 있었고, 내 기억이 정확하다면 세네감비아에서도 이와 비슷한 사건이 있었네."

나는 같은 질문을 또다시 던졌다.

"그건 그렇고, 녀석이 어떻게 이 방에 들어왔다는 건가? 문은 잠겨 있었고, 창문에는 고리가 걸려 있어서 열 수가 없고, 그렇다면 굴뚝을 통해서 들어왔다는 말인가?"

"그러기엔 벽난로가 너무 작아."

"그럼 대체 어디로 들어왔다는 거지?"

홈즈의 심드렁한 대답에도 나는 끈질기게 물고 늘어졌다.

"자네는 내가 늘 하던 말을 잊었나? 불가능한 것들을 완전히 제하고 나면 마지막으로 남는 것이, 제아무리 가능성이 없는 것처럼 보여도 그것이 진실일 수밖에 없다고 지금까지 대체 몇 번을 말했나? 문으로도, 창문으로도, 심지어 굴뚝으로도 들어오지 않았다는 사실을 확실히 알게 되었네. 그리고 이 방에는 숨을 만한 곳이 어디에도 없으니, 미리 들어와 있었다고 볼 수도 없네. 자, 그럼 어디로 들어왔겠나?"

"오호! 천장의 구멍으로 들어온 건가?"

나도 모르게 소리를 지르며 말하자 홈즈는 그제야 나를 보며 피식 웃고는 말했다.

"바로 그렇다네. 그 외에는 달리 들어올 방법이 없어. 자, 미안하지만 이 램프를 좀 들고 있어주게. 천장 위의 방을, 보물이 숨겨져 있었다는 그 비밀의 방을 조사해 봐야겠네."

홈즈는 발판 위에 올라가 두 손을 들보에 얹은 다음 가볍게 천장 위쪽으로 뛰어올랐다. 그리고 엎드려 손을 아래로 뻗어 내가 들고 있는 램프를 받아 들고는 내가 오르는 것을 도와주었다. 천장 위 다락방은 가로 10피트, 세로 6피트 정도의 크기였다. 바닥은 들보와 들보 사이에 가는 판자를 깔고 거기에 회반죽을 바른 것이 전부였기 때문에, 그 위를 걷기 위해서는 들보에서 들보로 건너뛰지 않으면 안 되었다.

위쪽은 경사가 아주 심했는데, 집 지붕의 안쪽 면이 분명했다. 가구는 하나도 없었으며, 바닥에는 몇 년 동안의 먼지가 쌓여 있었다. 홈즈가 경사진 벽에 손을 대며 말했다.

"왓슨, 여기를 좀 보게나. 밖으로 통하는 들창일세. 여기를 통해서 지붕 위로 올라갈 수 있을 거야. 역시 열리는군. 바깥쪽은 경사가 완만한 지붕이야. 즉 첫 번째 용의자는 이곳을 통해서 들어온 걸세. 대체 어떤 녀석일까? 어딘가에 단서를 남겼을지도 모르니, 조사해보세."

홈즈는 램프를 바닥에 놓았다. 그 순간 그의 얼굴에 놀라는 기색이 떠올랐다. 그날 밤 홈즈가 그런 표정을 짖는 것은 벌써 두 번째였다. 그가 발견한 것을 보는 순간 나는 등줄기가 오싹해졌다. 바닥 여기저기에 맨발 자국이 찍혀 있었다. 그것도 윤곽을 확실히 알아볼 정도로 완벽한 것뿐이었는데, 크기가 보통 성인의 반이 될까 말까 하는 정도였다.

"세상에! 아이가 이렇게 끔찍한 일을 저질렀단 말인가?"

내 외침에 어느새 냉정함을 되찾은 홈즈가 침착하게 말했다.

"내가 제대로 기억을 되살리기만 했어도 충분히 예상할 수 있었던 일이야. 여기에는 더 이상 단서가 될 만한 것이 없으니 내려가세."

"자네는 저 발자국에 대해서 어떻게 생각하나?"

방으로 내려온 나는 홈즈에게 진지하게 물었다.

"왓슨, 제발 부탁이니 자네 스스로 분석해보게. 내가 어떤 방법을 쓰는지는 알고 있겠지? 그 방법대로 한번 해보게. 나중에 결과를 비교해보면 좋은 공부가 될 테니까."

"하지만 이 상황을 설명할 만한 것이 하나도 떠오르지 않아."

"곧 모든 것이 확실해질 걸세. 여기에는 더 이상 중요한 게 없을 것 같지만, 그래도 혹시 모르니 좀 더 조사해보세."

그는 주머니에서 돋보기와 줄자를 꺼내더니 무릎을 꿇고 방 안을 기어 다니며 구석구석 조사했다. 길고 여윈 코를 마룻바닥에 바싹 들이대는가 하면, 새처럼 동그란 두 눈을 무섭게 번득이며 작은 것 하나도 놓치지 않으려고 애썼다. 그 동작이 어찌나 빠르고 조용하게 이루어졌는지 잘 훈련된 경찰견이 냄새를 맡는 것처럼 보였다. 그런 그의 모습을 보면서, 만약 그가 법률을 지키는 편이 아니라 범하는 편에 서서 두뇌와 정력을 사용한다면 얼마나 끔찍한 범죄를 저지르게 될지 생각하지 않을 수 없었다. 끊임없이 혼잣말을 중얼거리며 여기저기를 조사하던 홈즈가 마침내 기쁨의 환성을 내질렀다.

"우리는 정말 운이 좋군! 이제 더 이상 복잡할 것도 없는 일이 되었네. 불행하게도 첫 번째 용의자는 크레오소트를 밟았네. 이 지독한 냄새를 풍기는 것 옆에 조그만 발자국이 확실하게 찍혀 있는 게 보이지? 이 병에 금이 가서 내용물이 새어나오고 있네."

"그게 어쨌단 말인가?"

"정말 몰라서 묻나? 녀석을 잡았다는 말이 아니겠나! 이 정도의 냄새라면 세상 끝까지라도 쫓아갈 수 있는 개를 나는 알고 있지. 평범한 사냥개도 미끼의 냄새를 추적해 주(州)의 끝에서 끝까지 갈 수 있어. 이렇게 냄새가 지독하니 특별한 훈련을 받은 개라면 제아무리 먼 곳이라도 쫓아갈 수 있지. 이건 마치 비례 계산식을 푸는 기분이군. 답은 이미 주어진 것이나 다름없네. 이런, 형사 나리들께서 오셨나 보군."

아래층에서 무거운 발자국 소리와 웅성거리는 소리가 들리더니, 곧 현관문이 쿵하고 닫히는 커다란 소리가 들려왔다.

"저 양반들이 들어오기 전에 시신의 팔다리를 좀 만져보게."

"근육이 판자처럼 딱딱하군."

"그렇지? 굉장히 수축되어 있네. 일반적인 사후 경직과는 다르지. 게다가 옛 작가들의 표현을 빌려 '히포크라테스의 미소'나 '발작적인 웃음'이라고 할 만큼 괴기한 미소를 짓고 있어. 의사로서 이 얼굴을 보고 뭐 생각나는 거 없나?"

"뭔가 강력한 식물성 알칼로이드에 의한 중독사 같아. 스트리크닌 같은 물질은 근육 경련을 일으키는데 그와 비슷한 것 같네."

내가 대답하자 홈즈가 고개를 끄덕였다.

"심하게 일그러진 얼굴 근육을 보는 순간, 나도 곧바로 그렇게 생각했다네. 그래서 방에 들어오자마자 그런 독이 어떻게 체내로 들어갔는지를 조사해봤지. 그랬더니 자네도 본 것처럼 머리에 침이 그다지 깊지 않게 꽂혀 있었네."

"그런데 그 침이 어디서 날아왔을까?"

"피해자가 의자에 바른 자세로 앉아 있었다면 정수리가 바로 천장의 구멍 쪽을 향하지 않겠나? 침을 좀 살펴봐주게."

나는 조심스레 침을 집어 들고 램프의 불빛에 비추어보았다. 검고 길고 날카로웠다. 수지(樹脂) 같은 것을 발랐는지 끝 부분이 번들거렸다. 굵은 반대편 끝은 칼로 다듬어 둥그스름했다. 홈즈가 내게 물었다.

"영국에서 만든 것 같은가?"

"그런 것 같지는 않네."

"이만큼 자료가 모였으니 자네도 올바른 추리를 할 수 있을 걸세."

바로 그때 방문 바로 앞에서 발자국 소리가 들려왔다.

"이제 정규군이 왔으니 예비군은 물러나도 되겠군."

홈즈가 말하는 동안 발자국 소리가 아주 크게 들리더니 방문이 활짝 열렸다. 그리고 회색 양복을 입은 풍

채 좋은 사내가 위엄 있는 걸음걸이로 방 안으로 들어왔다. 붉은 얼굴에 과도하게 뚱뚱한 사내는 살에 파묻힌 조그만 두 눈을 연신 깜박였는데, 날카로운 눈빛만은 살아있었다. 그의 뒤로 정복 차림을 한 경위 한 명과 그때까지도 벌벌 떨고 있는 새디어스 숄토가 따라 들어왔다. 얼굴이 불그스름한 사내가 낮고 갈라지는 목소리로 말했다.

"음, 이거군! 이건 좀 심하군! 그런데 저기 있는 사람들은 누구지? 이 집은 무슨 토끼 굴처럼 사람으로 가득하군."

"애설니 존스 형사, 나를 기억하실 텐데요?"

홈즈가 부드럽게 말했다.

"아, 당신이군요. 잊을 리가 있겠습니까? 이론가이신 셜록 홈즈 씨 아니십니까? 기억하고말고요. 비숍게이트의 보석사건 때 원인, 추리, 결과에 대한 당신의 고견을 들었던 일은 평생 잊지 못할 거요. 그때 당신의 의견 덕분에 수사 방향을 제대로 잡을 수 있었던 것은 사실입니다. 하지만 지금 생각해보면 사건을 해결할 수 있었던 것은 당신의 지도가 좋았기 때문이 아니라 운이 좋았기 때문이었다고밖에 달리 생각할 길이 없소. 그건 당신도 인정하지요?"

존스 형사가 비꼬듯이 말하자 홈즈가 피식 웃으며 답했다.

"그건 아주 사소한 추리만으로도 해결할 수 있는 문제였으니까요."

"이런, 이런, 솔직하게 인정하는 게 뭐 그리 부끄러운 일이라고. 그건 그렇고, 이건 또 어떻게 된 거지요? 이야, 이건 좀 심한데! 정말 지독해! 이렇게 사실이 명확하니, 이론 같은 건 내세울 필요도 없겠군. 다른 사건 때문에 마침 내가 노우드에 와 있었기에 망정이지. 이곳 관할서에 있을 때 통지가 왔거든요. 홈즈 씨는 이 사람의 사인이 뭐라고 생각하시나요?"

"그게, 말씀하신 대로 내가 이론을 내세울 만한 사건은 아닌 것 같군요."

홈즈가 냉랭한 목소리로 대답했다.

"그야 그렇겠지요. 하지만 당신이 때로는 사건의 핵심을 아주 잘 지적한다는 사실을 부정할 사람은 아무도 없을 거요."

존스 형사가 홈즈의 눈치를 슬쩍 보며 이어 말했다.

"그래서 말인데! 문은 잠겨 있었다고 하더군요. 그런데 50만 파운드나 하는 보물이 없어졌다고요. 창문은 어땠지요?"

"잠겨 있었습니다. 그런데 창턱에 발자국이 있었어요."

"창문이 닫혀 있었다면 발자국은 이 사건과는 무관하겠군요. 그런 건 상식이지요. 이 사람은 단순히 병에 의한 발작 때문에 죽은 건지도 모르겠군요."

"하지만 보물이 없어지지 않았습니까?"

"아! 그렇지! 음, 가끔 이렇게 생각이 번득일 때가 있다니까요."

존스 형사는 갑자기 무슨 생각이 떠올랐는지 혼잣말을 중얼거리며 피식 웃음을 터뜨렸다. 그러고는 자신의 뒤를 따라온 경위에게 말했다.

"경위, 새디어스 숄토 씨와 함께 잠깐 자리를 비워주게."

경위와 새디어스가 방 밖으로 나가자 존스 형사가 무언가 대단한 비밀을 아는 사람처럼 미소를 지으면서 말했다.

"자, 홈즈 씨, 이걸 어떻게 생각하죠? 어젯밤에 그는 형을 찾아왔다는 게 새디어스 본인의 진술입니다. 그때 형이 발작을 일으켜 죽자 새디어스가 보물을 가지고 여기서 나간 겁니다. 어떤가요? 이런 식으로 생각하는 건?"

"그럼 죽은 사람이 일어나서 만약을 위해 안쪽에서 빗장을 걸었다는 말이군요?"

"흠! 듣고 보니 그렇군. 상식적으로 생각해봅시다. 저 새디어스 숄토는 형 바솔로뮤 숄토를 찾아왔다. 그리고 언쟁을 벌였다. 여기까지는 틀림없소. 그런데 형이 죽고 보물이 없어졌다. 이것도 사실이오. 새디어스가 돌아간 뒤로는 바솔로뮤의 모습을 본 사람이 아무도 없소. 침대에 누웠던 흔적도 없소. 새디어스가 심하게 떨고 있는 것은 누구나 알 거요. 저 사람은 아무래도 느낌이 좋지 않아요. 수상한 냄새가 나서 새디어스에게 감시의 그물을 쳐놓았지요. 그물이 점점 범위를 좁혀가고 있고요."

"당신은 아직도 사건을 충분히 파악하지 못했군요. 이 나무 침에는 틀림없이 독이 발려 있던 것으로 보이는데, 이게 죽은 자의 머리에 꽂혀 있었어요. 봐요, 여기에 아직도 자국이 남아 있죠? 그리고 보시는 바와 같이 이 종이쪽지가 테이블 위에 있었고, 그 옆에는 막대기 끝에 돌을 묶은 특이한 도구가 놓여 있었죠. 이 모든 것을 당신은 어떻게 설명하시겠습니까?"

홈즈는 이렇게 질문을 던진 후 팔짱을 끼고 존스 형사의 대답을 기다렸다.

"다 뻔한 수작입니다."

뚱뚱한 형사가 거드름을 피우며 이어 말했다.

"이 집에는 인도의 진귀한 물건 천지예요. 그 속에서 새디어스가 이걸 꺼내왔겠지요. 또 그게 진짜 독침이라면 새디어스가 살인 무기로 사용했을 수도 있지 않습니까? 꼭 다른 사람이 사용해야 한다는 법이 있습니까? 그리고 그 종이쪽지는 수사에 혼선을 주기 위해 일부러 가져다놓은 속임수에 불과합니다. 문제는 오직 하나, 저 사내가 어떻게 나갔느냐는 겁니다. 아, 천장에 구멍이 뚫려 있군요. 두말할 필요도 없이 저기겠네요."

뚱뚱한 형사는 당당하게 말을 마치고는 덩치에 비해 날랜 몸짓으로 발판 위로 뛰어올라 다락방으로 기어들어갔다. 그리고 곧 들창이 있다며 기뻐 외치는 형사의 목소리가 들렸다. 홈즈가 어깨를 한 번 들썩인 뒤 말했다.

"저런 사람이 뭔가를 발견할 때도 다 있군. 때로는 머리를 좀 쓸 때도 있다는 얘기지. 프랑스 속담 중에 '잘난 척하는 바보만큼 다루기 힘든 녀석도 없다.'라는 말이 있지 않은가."

존스 형사가 다시 모습을 나타내더니 발판에서 내려오며 말했다.

"자, 어때요? 결국 이론보다는 사실이 낫다는 말이죠. 내 견해가 정확했다는 것을 확인했소. 지붕으로 통하는 들창이 있는데, 그게 반쯤 열려 있었소."

"그건 내가 아까 연 것입니다."

"정말인가요? 그럼 당신도 알고 있었다는 말인가요?"

존스 형사가 조금 풀이 죽은 목소리로 묻더니 말을 이었다.

"뭐, 누가 발견했든 범인이 달아난 길을 알아냈으니 됐습니다. 이봐, 경위!"

"네!"

복도 쪽에서 대답이 들려왔다.

"새디어스 씨를 이리 데리고 오게. 새디어스 씨, 직무상 말씀드리는 건데 당신이 지금부터 하는 말은 당신에게 불리하게 작용할 수도 있습니다. 나는 여왕 폐하의 이름으로, 형 바솔로뮤 숄토를 살해한 범인으로 당신을 체포합니다."

조그만 사내는 가엾게도 두 손을 내밀고 우리의 얼굴을 번갈아보며 외쳤다.

"내가 이럴 거라고 말하지 않았습니까?"

"걱정하지 마세요, 새디어스 씨. 내가 책임지고 당신의 혐의를 벗겨드리겠습니다."

"이론가 양반, 함부로 큰소리치지 마시오. 당신이 생각하는 것 이상으로 까다로운 사건일지도 모른단 말이오."

존스 형사가 홈즈의 말을 가로막으며 말하자 홈즈가 차분히 답했다.

"존스 형사, 나는 새디어스 씨의 혐의를 벗길 수 있을 뿐만 아니라, 어젯밤에 이 방에 침입했던 두 사람 중 한 사람의 이름과 특징을 덤으로 알려드릴 수도 있어요. 이름은 조나단 스몰. 그렇게 믿어도 좋을 만한 충분한 이유가 있어요. 스몰은 몸집이 작고 많이 배우지는 못했지만 민첩한 사람으로, 오른쪽 다리가 없어서 안쪽이 닳은 의족을 하고 있어요. 왼쪽 발에 신은 장화에는 발끝이 각진 밑창이 대어져 있고, 뒤꿈치에는 둥근 징이 박혀 있어요. 햇볕에 얼굴이 심하게 그을린 중년이고 전과도 있어요. 이상과 같은 특징에 손바닥 껍질이 심하게 벗겨졌다는 사실을 덧붙인다면, 당신에게는 어느 정도 참고가 되겠지요? 그리고 공범은…."

"공범이라고요?"

존스 형사는 코웃음을 쳤지만, 아주 세세한 부분까지 설명하는 홈즈에게 놀라움을 금치 못하는 얼굴이었다. 홈즈가 획 몸을 돌리며 말했다.

"공범은 좀 특이한 사람인데요. 두 사람 모두 곧 만나게 해드릴 수 있을 것 같군요. 왓슨, 잠깐 할 이야기가 있네."

홈즈는 계단이 있는 곳까지 나를 데리고 갔다.

"이런, 뜻밖의 사건이 벌어져서 우리가 처음 이곳에 온 목적을 잊고 있었네."

"나도 지금 막 그런 생각을 했네. 모스턴 양을 이런 음침한 집에 언제까지고 있게 할 수는 없지."

"절대 그럴 수는 없지. 자네가 집까지 좀 바래다주게. 로워 캠버웰에 있는 세실 포레스터 부인 댁에서 살고 있다고 했으니, 여기서 그다지 멀지 않네. 자네가 다시 여기로 돌아올 생각이라면 나는 여기서 기다리고 있겠네. 혹시 피곤한가?"

"아니, 전혀. 이 기괴한 사건의 수수께끼가 풀릴 때까지는 절대 쉬고 싶은 생각이 안 들 것 같아. 나도 인생의 거친 면을 꽤 보아왔지만, 오늘 밤처럼 이렇게 생각지도 못했던 일을 연속으로 겪고 나니, 솔직히 말해서 정신이 하나도 없네. 하지만 이왕 이렇게 된 거 자네와 함께 일을 끝까지 지켜보고 싶네."

"자네가 곁에 있어준다면 큰 도움이 될 걸세. 존스 형사는 제멋대로 엉터리 대발견이나 하라고 내버려두고, 우리는 우리대로 수사를 진행하세. 모스턴 양을 바래다주고 램버스의 강가에 있는 '핀친 거리 3번지'로 가줄 수 있겠나? 오른쪽에서 세 번째 집으로, 새를 박제하는 집일세. 집주인 이름은 셔먼이고, 창가에 조그만 토기를 물고 있는 족제비의 박제가 놓여 있으니 금방 알아볼 수 있을 걸세. 셔먼 노인을 깨워 내 이름을 대고 지금 바로 토비가 필요하다고 하게. 그 토비를 마차에 태워서 이리로 좀 데리고 오게."

"토비란 녀석, 개로군."

"그렇다네. 잡종이지만 후각이 정말 뛰어나지. 이번 사건에서는 런던의 모든 탐정을 불러 모으는 것보다 토비의 도움을 받는 것이 나을 걸세."

"그럼 데리고 오겠네. 지금이 새벽 1시니까 잘 달리는 말이 마차를 끌면 새벽 3시까지는 돌아올 수 있을 걸세."

내가 말했다.

"그동안 나는 번스턴 부인에게서 뭔가 쓸 만한 정보가 있는지 알아보겠네. 그리고 옆방에서 잔다는 인도 흑인도 만나봐야겠어 그다음에는 저 대단한 존스 형사가 어떻게 수사하는지 살펴봐야지. 별로 타격 없는 독설도 경청해주고 말이야. '사람은 언제나 자신이 이해하지 못하는 것을 비웃을 뿐이다.'라고 괴테가 참 절묘하게 표현한 바 있지."

홈즈는 그렇게 말하며 유쾌한 듯 미소를 지었다.

크레오소트의 흔적

나는 경찰들이 타고 온 마차에 모스턴 양을 태우고 그녀의 집으로 출발했다. 그녀는 천사 같은 마음씨로 자신보다 약한 사람과 있을 때는 애써 평온한 표정을 지으며 충격을 견뎌냈다. 그래서 겁에 질린 가정부 곁에서는 침착한 태도로 애써 밝게 행동했던 것이다. 하지만 마차에 오르자마자 긴장이 풀렸는지 갑자기 울음을 터뜨렸다. 그녀에게 그날 밤의 모험은 그만큼 괴로웠으리라.

훗날 그녀는 그때 마차 안에서의 내 행동 때문에 내가 차갑고 냉정한 사람인 줄 알았다고 했다. 그녀의 울음에 내 마음이 괴로웠던 것, 내 마음을 억누르려고 필사적으로 노력했던 것을 그녀는 몰랐던 것이다. 하지만 그때 내 마음은 그녀를 동정하고 생각하는 마음은 정원에서 손을 잡았을 때와 조금도 다르지 않았다. 평범한 일상을 몇 년 함께한다 해도 그녀가 상냥하고 야무진 성격을 가진 사람이라는 사실을, 이상한 경험을 한 그 하룻밤만큼 잘 보여줄 수는 없을 것이라고 나는 생각했다.

하지만 나는 두 가지 일이 마음에 걸려서 턱 끝까지 올라온 애정 어린 말을 끝내 할 수 없었다. 그녀는 정신적으로나 육체적으로 커다란 충격을 받아 심신이 매우 지쳐 있었다. 이럴 때 구애한다는 건 상대방의 약점을 이용하는 것이나 다름없는 일이었다.

그리고 더욱더 염려되는 것은 그녀가 부자가 될지도 모른다는 사실이었다. 만약 홈즈의 수사가 적절하게 이루어지면 그녀는 막대한 유산을 물려받게 된다. 퇴역 군의관의 신분으로 우연한 계기로 알게 된 그녀에게 구애하는 것이 과연 정당한 일일까? 명예를 손상시키는 일은 아닐까? 만약 그녀가 조금이라도 그런 생각을 한다면, 나는 견딜 수 없을 것이다. 우리 두 사람에게 있어서 아그라의 보물은 뛰어넘을 수 없는 장벽이었다.

우리는 새벽 2시가 가까워 오는 시각에 포레스터 부인 댁에 도착했다. 하인들은 벌써 몇 시간 전에 잠자리에 든 상태였다. 하지만 포레스터 부인은 모스턴 양이

받은 이상한 편지에 관심이 있었기 때문에 잠을 자지 않고 그녀가 돌아오기를 기다리고 있었다. 부인은 우리가 타고 온 마차 소리를 듣고 재빨리 뛰어나와 문을 열어주었다. 나이가 지긋해 보이는 포레스터 부인은 상당히 우아하고 기품이 있어 보이는 인상이었다.

"오! 이제 왔군요. 힘들지 않았나요?"

부인은 모스턴 양의 허리를 다정히 감싸 안으며 어머니처럼 따스하게 맞아주었다. 그 모습을 보고 나는, 이 집에서 모스턴 양은 단순히 월급을 받는 가정교사가 아니라 존중받는 친구라는 확신이 들어 마음이 놓였다.

"이분은 홈즈 씨의 친구이신 왓슨 박사님이세요."

"늦은 시각에 죄송합니다."

내가 인사를 건네자 부인이 따스한 미소를 지으며 말했다.

"어서 들어오세요. 오늘 밤에 일어난 모험담이 듣고 싶어서 기다리고 있었어요."

부인이 눈을 반짝이며 기대 어린 시선을 보냈지만 아쉽게도 나는 그 부탁을 들어줄 수 없었다.

"사건의 경위를 좀 더 확실하게 알게 되면 그때 다시 찾아뵙겠습니다."

부인에게 굳게 약속한 후 나는 다시 마차에 올랐다. 마차가 달리기 시작했을 때 가만히 뒤를 돌아보았다. 현관 앞에 서 있던 두 사람의 품위 있는 모습, 반쯤 열린 문, 스테인드글라스를 통해 나오는 홀의 반짝이는 불빛, 계단의 깔개를 누르고 있는 번쩍번쩍 빛나는 금속봉 등이 지금도 눈에 선하다. 광기 어린 음험한 사건에 휩싸인 상황에서, 이렇게 평온한 영국 가정을 잠시나마 볼 수 있어 커다란 위안이 되었다.

그런데 이 사건은 생각할수록 광기 어리고 음험했다. 가스등이 비추는 조용한 거리를 마차가 달리는 동안 나는 오늘 밤에 연달아 일어난, 기묘하기 짝이 없는 사건을 차근차근 생각해보았다.

적어도 몇몇 문제는 상당히 명확해졌다. 모스턴 대위의 죽음, 모스턴 양에게 보내진 진주, 신문의 광고문, 편지 등에 관한 문제는 이미 진실이 밝혀졌다. 하지만 그 때문에 우리는 더욱 복잡하고 훨씬 더 비극적인 수수께끼에 빠졌다.

인도에서 가져온 보물, 모스턴 대위의 짐 속에서 발견된 의문의 도면, 숄토 소령이 죽었을 때의 기괴한 장면, 이 범죄와 관련된 기괴한 일들, 발자국, 놀라운 무기, 모스턴 대위의 도면에 적혀 있던 것과 똑같은 글이 적힌 종이쪽지. 이 문제들은 그야말로 하나의 미로였다. 홈즈와 같은 재능을 가진 사람이 아닌 한, 실마리 잡기를 아예 포기하는 것이 나을 것이다.

핀친 거리는 램버스의 저지대에 있었는데, 벽돌로 쌓은 허름한 이층집들이 나란히 늘어서 있었다. 나는 3번지에 사는 사람을 깨우기 위해 한동안 문을 두들겼다. 그러자 한참 만에 덧문 너머로 촛불이 비치더니, 2층 창으로 얼굴을 내미는 사람이 있었다. 그 사람이 소리쳤다.

"이 녀석, 그만두지 못하겠어? 이 떠돌이 주정뱅이야! 자꾸 소란을 피우면 개집 문을 열어서 마흔세 마리의 개가 한꺼번에 덤벼들게 할 거다."

"마흔세 마리는 필요 없습니다. 한 마리만 내주시지요."

내가 말하자 또다시 고함소리가 들려왔다.

"시끄러워! 당장 사라지지 않으면 이 자루 속에 들어 있는 살모사를 네 녀석 머리 위로 던지겠다."

"아니, 내가 필요한 건 개라고요!"

내가 외치자 셔먼이 고래고래 소리를 질렀다.

"아무렴 어떠냐! 저만큼 떨어져라! 셋을 센 뒤에 살모사를 던질 테니까."

"셜록 홈즈가…."

내가 다시 입을 열고 뱉은 그 한마디가 마술과 같은 효과를 발휘했다. 창이 힘차게 닫히더니 1분도 지나지 않아서 빗장이 벗겨지고 문이 열렸다. 셔먼은 비쩍 마른 데다 목에 힘줄이 돋고 등이 약간 구부정한 노인이었다. 그는 파란 안경을 쓰고 있었다.

"진작 말씀하시지. 셜록 홈즈의 친구라면 언제든지 환영이오. 어서 들어오시오. 거기 있는 오소리를 조심해요. 사람을 잘 물어뜯으니."

그 말을 들으니 왠지 발뒤꿈치 쪽이 서늘해지는 것 같았다. 노인이 짐승 우리 창살 사이로 심술궂게 머리를 내밀고 빨간 눈을 번득이는 오소리에게 소리쳤다.

"이 장난꾸러기 녀석, 너 이 신사 분을 물어뜯고 싶은 거냐? 그 녀석은 걱정하지 않아도 돼요, 신사 양반. 그저 다리 없는 도마뱀이라우. 이빨이 없어서 그냥 방에다 풀어놓고 기르지. 바퀴벌레를 잡아먹거든. 좀 전에 소리친 일은 마음에 두지 말아요. 동네 꼬맹이들이 늘 장난을 치는 바람에, 이 골목까지 떼로 몰려와서는 나를 깨우거든. 그래, 셜록 홈즈는 무슨 일로 날 깨우라고 했소?"

"댁의 개가 한 마리 필요하다고 하더군요."

"아, 토비를 말하는구먼."

"네, 토비라고 했어요."

"토비라면 왼쪽에서 일곱 번째 우리에 있지."

셔먼은 촛불을 손에 들고 기묘한 동물 가족들 사이를 천천히 비집고 나갔다. 엷고 흐릿한 불빛 아래의 모든 틈과 구석에서 힐끗힐끗 이쪽을 살피는 수많은 눈이 반짝였다. 머리 위쪽 들보에는 한 무리의 새들이 일렬로 앉아 있었다. 우리 목소리에 잠이 깼는지 새들은 한쪽 다리에서 다른 쪽 다리로 몸의 중심을 옮기고 있었다.

토비는 털이 길고 귀가 축 늘어진 꼴사나운 개였다. 스패니얼과 러처가 반씩 섞인 잡종으로, 털색은 갈색과 흰색이고, 걸음걸이는 뒤뚱뒤뚱 어딘지 불안해서 믿음직스럽지 못했다. 노인이 쥐고 있던 각설탕을 내게 주었고, 그것을 토비에게 주니 한동안 망설이다가 받아먹었다. 어느 정도 친해진 뒤에는 마차까지 따라와, 조금도 싫어하는 기색 없이 나와 함께 마차에 올랐다.

내가 폰티체리 저택에 도착한 것은 새벽 3시 무렵이었다. 원래 권투 선수였던 맥머도도 공범으로 체포되어 새디어스와 함께 경찰서로 끌려갔다는 사실을 알게 되었다. 좁은 문에는 두 경관이 경비를 서고 있었는데, 내가 존스 형사의 이름을 대자 개와 함께 안으로 들여보내주었다.

홈즈는 두 손을 주머니에 넣은 채 파이프 담배를 피우며 입구 계단 위에 서 있었다.

“아, 데리고 왔군.”

“왜 여기 혼자 있나?”

홈즈는 토비의 머리를 쓰다듬으며 그간의 상황을 전해주었다.

“애설니 존스 형사는 이미 돌아갔네. 자네가 떠나고 난 뒤에 아주 웃긴 일이 벌어졌지. 존스가 새디어스뿐만 아니라 문지기, 가정부, 인도인 하인까지 모두 다 데리고 갔다네. 2층에 있는 경위만 빼면, 이 집에는 이제 우리뿐이야. 일단 개는 여기에 두고 함께 2층으로 올라가세.”

우리는 토비를 거실의 테이블에 묶어놓고 계단을 올라갔다. 시체를 하얀 천으로 덮어놓은 것만 빼면 내가 떠나기 전과 모든 것이 똑같았다. 경위가 피곤해 보이는 얼굴로 구석에 서 있었다.

“경위님, 램프를 잠깐 빌려주십시오.”

경위는 영문을 모르겠다는 표정이었지만 홈즈의 말에 순순히 따랐다. 경위가 램프를 내밀자 홈즈가 그에게 등을 돌리며 말했다.

"고맙소. 이제는 구두와 양말을 벗어야겠군. 왓슨, 이 램프가 내 가슴에 오게끔 목 뒤에서 좀 묶어주게나. 고맙네. 자, 나는 잠깐 위로 올라가봐야겠네. 아, 그 전에 내 손수건을 크레오소트에 담가주겠나. 됐네, 그 정도면 됐어. 자, 자네도 나와 같이 다락방으로 올라가세."

우리는 구멍을 통해 기어올라갔다. 홈즈는 먼지 위에 찍힌 발자국을 다시 한 번 램프의 빛으로 비추고 물었다.

"이 발자국을 자세히 살펴보게나. 뭔가 특이한 점이 없나?"

"흠, 이건 아이나 체구가 작은 여자의 발자국 같군."

"크기 말고 다른 건?"

"보통 발자국과 크게 달라 보이지 않네만."

"그렇지 않네. 여기 찍혀 있는 오른쪽 발자국을 보게."

홈즈는 딱 잘라 말하고는 바닥의 어느 한 지점에 램프를 가져다 비추었다. 그리고 맨발을 들어 발자국 옆에 자신의 발자국을 찍었다.

"자, 이 두 발자국의 차이가 뭔지 알겠나?"

"오호, 자네의 발가락은 모두 붙어 있는데, 이쪽 발가락은 사이가 유난히 많이 벌어져 있군."

"바로 그게 핵심일세. 잘 기억해두게. 이번에는 저 들창이 있는 곳으로 가서 목재 끝부분의 냄새를 좀 맡아

봐주겠나? 나는 이 손수건을 들고 그냥 여기에 있겠네."

홈즈가 말한 대로 해보자 곧바로 강한 타르 냄새를 맡을 수 있었다. 그런 나를 보더니 홈즈가 말했다.

"바로 거기가 범인이 나갈 때 밟은 곳이지. 자네도 냄새를 맡을 정도니, 토비에게는 식은 죽 먹기지. 자, 서둘러 토비를 정원으로 데리고 가서 녀석의 놀라운 실력을 감상하세."

내가 정원으로 나섰을 때 홈즈는 지붕 위에 올라서 있었다. 가슴의 움직임에 따라서 흔들흔들 빛나는 모습이 마치 거대한 반딧불 같았다. 그 모습이 굴뚝 뒤쪽으로 사라졌다가 다시 나타나더니, 다시 한 번 반대편으로 사라져버렸다. 뒤쪽으로 돌아가보니, 그는 처마 끝 모서리에 앉아 있었다.

"거기 왓슨인가?"

홈즈의 외침에 내가 답했다.

"날세."

"놈은 바로 여기로 내려왔네. 그 아래 시커먼 물체는 뭔가?"

"물통일세."

"뚜껑으로 덮여 있나?"

"덮여 있네."

"근처에 사다리는 없나?"

"안 보이는데."

"쥐새끼 같은 녀석! 정말 위험한 곳을 골랐군. 하지만 녀석이 올라왔는데 내가 내려가지 못하란 법도 없지. 배수관은 아주 튼튼해 보이는군. 어디 한번 해볼까."

발을 끄는 소리가 들리더니 홈즈가 벽을 타고 천천히 내려오기 시작했다. 이내 물통 위로 가볍게 뛰어내리더니 땅에 착지했다. 들고 있던 양말과 구두를 신으며 홈즈가 말했다.

"뒤를 쫓는 건 아주 간단했다네. 기왓장이 밀려 있었고, 녀석이 급히 서둘렀는지 이런 걸 떨어뜨렸더군. 자네와 같은 의사 선생의 표현을 빌리자면, '내 진단이 이것으로 확인됐다.'라고 말할 수 있겠지."

홈즈가 내민 것은 염색한 풀로 짠 조그만 지갑—혹은 주머니처럼 생긴 것—으로, 싸구려 구슬들이 붙어 있었다. 모양과 크기로 보아 담뱃갑과 비슷했는데, 안에는 검은색 나무로 만든 침이 대여섯 개 들어 있었다. 한쪽 끝은 날카롭고 뾰족했으며, 또 다른 한쪽은 둥그스름한 게 바솔로뮤 숄토의 머리에 꽂혀 있던 침과 모양이 똑같았다.

"바로 그 무서운 침이군. 찔리지 않도록 조심하게. 이걸 주워서 정말 다행이야. 녀석이 가지고 있던 건 이것이 전부일 테니 말일세. 자네나 내가 이 녀석에게 찔릴 염려도 대폭 줄었다는 얘기지. 여기에 찔리느니 차라리 마타니 총알을 맞는 편이 낫지. 그건 그렇고, 지금부터 6마일 정도 행군해야 하는데 괜찮겠나?"

"괜찮고말고."

내가 호기롭게 대답했지만 홈즈는 걱정스러운 듯 내 다리를 쳐다보았다.

"자네 다리가 견딜 수 있을까?"

"괜찮네."

홈즈는 미소를 짓고는 짧게 휘파람을 불었다.

"토비! 이리 오너라! 자, 착하지? 어서 이 냄새를 맡아보렴."

홈즈가 크레오소트를 묻힌 손수건을 개의 코앞에 내밀었다. 개는 부드러운 털로 덮인 두 다리로 떡 버티고 서서, 고급 와인 향을 맡는 소믈리에처럼 머리를 갸우뚱했다. 그 모습이 어딘지 익살스럽게 보였다.

홈즈는 그 손수건을 멀리 던진 뒤, 개 목걸이에 튼튼한 줄을 묶어 물통이 있는 곳으로 데리고 갔다. 그 순간 개가 날카롭고 떨리는 소리로 크게 한바탕 짖어대더니,

곧 지면에 코를 대고 꼬리를 곧추세운 채 재빨리 달려 나갔다. 개가 너무 힘차게 끈을 당겨서 우리는 전속력으로 달려야만 했다.

동쪽 하늘이 점점 밝아오자 우리는 차가운 잿빛 속에서 꽤 멀리까지 볼 수 있었다. 뒤쪽으로는 새까맣고 공허한 창이 그대로 드러나 있는 거대하고 네모난 집이 슬프고 쓸쓸한 빛을 띤 채 서 있었다. 우리는 여기저기 파헤쳐진 도랑과 구멍 사이를 피하며 상처투성이 정원을 곧바로 가로질렀다. 정원에는 여기저기 진흙더미가 쌓여 있고 제대로 자라지 못한 관목들이 서 있어서, 저택을 짓누르는 어두운 비극에 걸맞은 참혹하고 불길한 분위기를 자아냈다.

담 앞에 이른 토비는 부지런히 킁킁거리며 그 그림자 밑을 이리저리 뛰어다니더니, 어린 너도밤나무가 있는 구석에서 멈췄다. 두 개의 벽이 만난 그곳은 벽돌이 몇 장 빠져 있었는데, 빈틈의 밑부분은 둥그렇게 닳아 있었다. 평소에 사다리 대신으로 사용한 듯했다. 그곳으로 기어오른 홈즈는 내게서 토비를 받아 반대편으로 내려주었다.

"의족을 한 사내의 손자국이 있군."

"손자국?"

"하얀 회벽 위에 핏자국이 희미하게 묻어 있어. 어제부터 비가 오지 않아서 다행이로군! 녀석들이 도망간 지 스물여덟 시간 정도 지났지만, 도로에는 아직도 냄새가 남아 있을 걸세."

옆으로 기어오른 내게 홈즈가 말했다. 하지만 나는 그의 말을 믿을 수가 없었다. 솔직히 말하자면 그사이에 얼마나 많은 사람과 마차가 런던의 도로를 지나다녔겠는가. 하지만 내 의심은 금세 사라졌다. 토비가 조금도 망설이지 않고 길을 찾아갔기 때문이다. 녀석은 특유의 뒤뚱거리는 걸음걸이로 지체 없이 앞서나갔다. 크레오소트의 강력한 냄새가 녀석의 코를 자극하는 게 분명했다.

"왓슨, 범인 중 한 명이 운 좋게도 크레오소트를 밟았다는 그 사실 하나만으로 내가 이 사건의 수사를 진행하고 있다고 생각하지는 말아주게. 범인을 쫓을 방법이라면 이외에도 얼마든지 있으니까. 하지만 이게 가장 손쉬운 방법이라네."

"이런 행운을 무시하는 건 어리석은 일이지."

"맞아. 하지만 그 때문에 사건이 단순해 보이는 것도 사실이야. 기왕에 얻은 행운을 버리기도 아깝고 말이지. 뭐, 그 덕분에 처음에는 좀 더 머리를 써야 하는 재미있는 사건이 재미없어져버렸지만. 이렇게 명백한 증거만 없었다면, 나도 조금은 이름을 떨칠 수 있었을 텐데."

"아니, 이 정도로 충분하네. 홈즈, 자네가 이번 사건에서 차례차례로 문제를 풀어가는 것을 보고, 나는 제퍼슨 호프 살인 사건 때보다 훨씬 더 놀랐다네. 내게는 이번 사건이 훨씬 더 복잡하고 의문투성이처럼 보이거든. 의족을 한 사내만 해도 그래. 어떻게 그렇게 자신 있게 특징을 설명할 수 있었지?"

"이봐, 자네 지금 무슨 소리를 하는 건가? 그런 건 아주 간단한 일일세. 무슨 연극 주인공처럼 보이고 싶은 생각은 전혀 없어. 누가 봐도 알 수 있는 명백한 사실이니까. 죄수 경비대를 지휘하는 두 사관이 숨겨둔 보물에 관한 중대한 비밀을 알게 됐어. 그리고 그 두 사람을 위해서 '조나단 스몰'이라는 영국 사람이 지도를 작성했지. 그 이름이 모스턴 대위가 가지고 있던 지도에 적혀 있던 이름이란 걸 자네도 기억하지? 그는 자신과 친구들을 위해서 거기에 서명했어. 좀 과한 면이 있지만, '네 사람의 서명'이라고 적었지. 그 지도 덕분에 두 사관—혹은 그중 한 명—이 보물을 손에 넣어 영국으로 가지고 돌아왔어. 아마도 보물을 찾게 해준 데에 대한 대가를 치르지 않고 말일세. 그렇다면 조나단 스몰은 어째서 보물을 자신의 손으로 직접 찾지 않았을까? 답은 분명하지. 지도에는 모스턴 대위가 죄수들과 밀접한 관계를 갖게 된 날짜가 기록되어 있네. 보물이 조나단 스몰의 손에 들어가지 않았던 것은, 그와 그 동료들이 모두 죄수여서 밖으로 나갈 수 없었기 때문이지."

"하지만 그건 추측에 불과하지 않나?"

내가 묻자 홈즈가 단호히 말했다.

"아니, 단순한 추측이 아닐세. 그렇게 생각해야만 비로소 모든 사실을 설명할 수 있다네. 그 뒤에 일어난 여러 가지 정황과 얼마나 잘 맞아떨어지는지 생각해보세. 숄토 소령은 보물을 독차지하고는 만족하며 몇 년 동안을 평화롭게 생활했어. 그러던 그가 인도에서 온 한 통의 편지를 받고 커다란 공포에 휩싸였지. 그건 어떤 내용의 편지였을까?"

"소령에게 배신당한 사람들이 석방되었다는 편지겠지."

"아니면 탈옥했던지. 사실은 이쪽이 더 가능성이 높아. 왜냐하면 소령은 그 사람들의 형기를 알고 있었을 테니까."

"그렇군. 그들이 석방되었다는 내용은 별로 놀라운 소식이 아니었겠군."

"그렇지. 그런데 소령의 다음 행동은 어떠했지? 그는

의족을 한 남자를 극도로 경계했네. 그리고 그는 백인이었어. 왜냐하면 소령은 어느 백인 상인을 그 사람으로 오인하고 실제로 권총을 쐈을 정도니까. 그런데 도면에 백인의 이름은 하나밖에 없네. 나머지는 전부 힌두교나 회교도였을 거야. 그러니 의족을 한 남자가 바로 조나단 스몰이라고 단언할 수 있지. 이 추리 어딘가에 이상한 부분이 있다고 생각하나?"

"아주 명확하고 알기 쉽네."

"자, 이번에는 조나단 스몰의 입장에서 생각해보세. 우리가 조나단 스몰이 되어보자고. 그는 자기도 권리가 있다고 생각되는 물건을 되찾고 자신을 배신한 사람에게 복수하겠다는 두 가지 목적을 품고 영국에 들어왔네. 그는 숄토 소령의 주소를 알아냈어. 틀림없이 이 집 안사람 누군가와 친분을 맺었을 걸세."

"그게 대체 누굴까?"

"아직 만나보지 못했지만 '랄 라오'라는 집사가 있었다는데, 그 사람이 좀 수상하네. 번스턴 부인도 그 사람은 그다지 좋은 사람이 아니라고 했네. 하지만 스몰은 보물을 어디에 숨겨놓았는지 몰랐을 걸세. 소령과 지금은 죽고 없는 충실한 하인 외에 그곳을 아는 사람은 아무도 없었으니까. 그러던 중 스몰은 소령이 죽을병에 걸렸다는 소식을 접하게 되지. 소령과 함께 보물의 비밀까지 묻혀버릴지도 모른다고 생각한 스몰은 완전히 평정심을 잃고 위험을 감수하면서까지 엄중한 경계를 뚫고 들어와 사경을 헤매는 환자가 있는 방의 창밖까지 접근했지."

"소령의 임종 직전에 두 형제가 목격한 사람이 바로?"

"두 아들이 옆을 지키고 있었기 때문에 당장은 방에 들어가지 못했지. 하지만 죽은 사람에 대한 원한 때문에 거의 반미치광이가 되어, 그날 밤에 방으로 숨어들어 보물에 관한 기록이라도 찾으려고 서류들을 뒤졌지. 하지만 결국에는 그것도 찾아내지 못했어. 그는 자신이 왔었다는 사실을 알리기 위해서 우리가 본 바로 그 종이쪽지를 남겨놓았지."

"그런데 그런 글귀를 남긴 이유가 뭘까?"

"그런 표시를 시신 위에 남겨, 자기가 소령을 죽였더라도 그것은 단순한 살인이 아니라 네 사람의 입장에서 보면 일종의 응징이라는 것을 알리려고 했을 거야. 그간의 범죄 역사를 살펴보면 이처럼 별나고 특이한 행동을 아주 흔히 볼 수 있는데, 이는 언제나 범인을 알게 해주는 귀중한 단서가 되지. 여기까지 무슨 소린지 알겠나?"

"아주 확실하게 이해했네."

"자, 그럼 이번에는 조나단 스몰이 이후 어떻게 했느냐는 문제네. 그는 두 아들이 혈안이 되어서 보물을 찾는 모습을 몰래 감시하는 수밖에 없었겠지. 어쩌면 영국을 떠나 있다가 가끔씩 돌아왔을 수도 있네. 그러다가 드디어 지붕 밑 다락방이 발견되었고, 그도 그 사실을 바로 알게 되었을 걸세. 이를 통해서도 집 안에 공범자가 있다는 사실을 알 수가 있지. 의족을 한 조나단이 높은 곳에 있는 바솔로뮤의 방까지 오르기란 불가능한 일일세. 그래서 그는 곧 기묘한 친구를 데리고 왔지. 그 친구는 이 어려운 문제를 극복했지만 맨발로 크레오소트를 밟고 말았어. 그렇게 해서 드디어 토비가 등장하게 됐고, 아킬레스건을 다친 퇴역 군의관님께서 다리를 절름거리며 나와 함께 6마일이나 되는 거리를 추적하게 된 걸세."

홈즈는 나를 쳐다보며 장난스럽게 웃었다. 그런 홈즈에게 내가 물었다.

"그런데 살인을 저지른 건 조나단이 아니라 그 친구 아닌가?"

"그렇지. 바솔로뮤를 죽인 것을 보고 아주 화를 낸 듯하네. 방의 여기저기에 찍힌 발자국을 보면 알 수 있어,

그는 바솔로뮤에게는 원한이 없었지. 단지 그를 묶고 재갈을 물리려고만 했을 거야. 그도 교수형을 당하고 싶지는 않았을 테니까. 하지만 일은 이미 손쓸 수 없이 전개되고 말았지. 공범이 잔인한 본능을 드러내며 독침의 위력을 과시해버렸으니, 결국 조노선 스몰은 '네 사람의 서명'이라는 글을 남기고 보물 상자를 정원으로 들고 내려가 도망갔지. 이상이 이번 사건에 대한 내 추리일세."

"훌륭하군. 그런데 조나단 스몰의 인상착의도 말해줄 수 있나?"

"물론 어느 정도 인상착의를 짐작할 수 있네. 그는 중년 사내이고, 안다만 제도의 섬과 같이 지독하게 더운 곳에서 복역한 탓에 햇볕에 심하게 탔을 걸세. 키는 보폭으로 간단히 계산해낼 수 있고, 수염을 기르고 있다는 사실도 알아냈네. 새디어스 숄토가 창을 통해서 그를 봤을 때 온통 털에 둘러싸여 있었다는 점이 유일하게 인상에 남았다고 했으니 말이야. 그 외에 또 궁금한 것이 있나?"

"공범자는?"

"아, 그쪽은 그리 까다로운 수수께끼가 아니네. 자네도 곧 전부 알게 될 걸세."

홈즈는 두 팔을 쭉 뻗더니 크게 숨을 들이마셨다.

"정말 기분 좋은 아침이야. 공기도 상쾌하고! 저기를 좀 보게나. 마치 거대한 홍학의 분홍빛 깃털처럼 조그만 구름이 떠 있지 않나? 런던을 둘러싸고 있는 구름의 제방 위로 태양의 붉은빛이 떠오르고 있고! 수많은 사람이 저 빛을 받고 있겠지만, 자네나 나만큼 기괴한 일에 매달려 있는 사람은 절대 없을 걸세. 저마다 야심을 품고 아웅다웅 살아가지만, 자연의 위대한 힘 앞에서 우리 인간이란 얼마나 미약한 존재인가? 자네, 장 파울(독일의 낭만파 작가. 1753~1825)에 대해 알고 있나?"

"좀 알지. 칼라일(영국의 철학자. 1795~1881)부터 시작해서 장 파울까지 거슬러 올라가지."

내 말에 홈즈는 미소를 지으며 고개를 끄덕였다.

"작은 강을 거슬러 올라 수원지인 호수까지 간 셈이로군. 그가 조금 이상하지만 의미 있는 말을 했다네. '인간의 참된 위대함이란 자신의 왜소함을 깨닫는 데 있다.'라고 말이야. 바로 존귀한 비교 능력과 인식 능력을 말하는 것이지. 장 파울의 작품에는 사상의 양식으로 삼을 만한 내용이 가득하지. 그런데 자네, 권총은 가져왔나?"

"나는 지팡이가 있지 않은가."

"놈들의 소굴에 도착하면 뭔가 무기가 될 만한 게 필요할 수도 있거든. 조나단 스몰은 자네에게 맡기겠지만, 또 다른 한 명이 덤벼든다면 총으로 쏴버리겠네."

홈즈는 리볼버를 꺼내 총알을 두 발 장전한 뒤, 웃옷 오른쪽 주머니에 넣었다. 그러는 동안에도 우리는 토비의 뒤를 따르는 걸음을 멈추지 않았다.

우리는 허름한 주택들이 늘어선 대도시 외곽의 좁은 길을 지나쳤다. 그리고 곧 집들이 끊임없이 늘어서 있는 거리로 접어들었다. 노동자와 인부가 벌써 일어나 선창을 오가며 서성거렸고, 아직 몸을 치장하지 못한 차림새의 매춘부들이 덧문을 닫고 현관 계단을 쓸고 있었다. 지붕이 네모난 골목의 술집은 이제 막 문을 열었는데, 아침부터 한잔 걸친 듯한 사내들이 소매로 수염을 닦으며 밖으로 나오고 있었다.

낯선 개들이 우리의 모습을 신기하다는 듯이 바라보았다. 하지만 토비는 그런 개들을 무시한 채 땅바닥에서 코를 떼지 않았고, 때때로 냄새가 강하게 난다는 것을 알리려는 듯 코를 킁킁대고는 다시 앞으로 나아갔다.

우리는 스트레덤, 브릭스턴, 캠버웰을 가로질러 오벌 경기장 동쪽으로 난 길을 빠져나가 케닝턴 거리로 접어들었다. 범인들은 사람들의 눈을 피해 지그재그로 길을 지난 듯했다. 큰길과 평행으로 뒷길이 나 있는 곳에서는 반드시 뒷길을 택했다.

케닝턴가 끝에서 왼쪽으로 꺾어지는 본드가에서 마일드가 쪽으로 들어섰다. 길을 돌아 나이츠 광장 쪽으로 나가는 곳에 이르자 토비가 전진을 멈추고는, 한쪽 귀를 쫑긋 세우고 다른 한쪽 귀는 축 늘어뜨린 채 진로를 정하지 못하겠다는 듯 우왕좌왕했다. 그러더니 한곳을 빙빙 맴돌며 마치 어떻게 좀 해보라는 듯이 우리를 바라봤다.

"대체 어떻게 된 거지? 여기서 마차를 탔을 리도 없고, 기구를 탔을 리도 없을 텐데."

홈즈가 짜증 섞인 목소리로 중얼거렸다.

"여기서 한동안 서 있었던 게 아닐까?"

내가 묻자 홈즈가 안심한 듯 말했다.

"아, 됐네. 다시 앞으로 가기 시작했어."

과연 토비가 움직이기 시작했다. 다시 한 번 킁킁 냄새를 맡으며 주위를 한 바퀴 돌더니, 갑자기 마음을 정한 듯 지금까지는 보여준 적이 없는 기세와 자신감 넘치는 발걸음으로 돌진했다. 냄새가 전보다 더 강해진 듯 토비는 더 이상 땅에 코도 대지 않고 끈을 팽팽하게 당기며 달려가려 했다. 홈즈의 눈빛으로 목적지 근처에 다다랐음을 알아챘다.

우리는 나인 엘름을 지나, 화이트 이글 술집 바로 뒤의 브로데릭 앤 넬슨 회사의 커다란 목재 야적장에 다다랐다. 토비는 미친 듯이 흥분하며 옆문을 통해서 울타리 안으로 들어가버렸다. 그 안에서는 인부들이 벌써 작업을 하고 있었다.

개는 그대로 톱밥과 대팻밥 사이를 헤치며 좁은 통로를 지나 목재 더미 사이를 돌아 달려가더니, 드디어 승리감에 넘친 소리로 크게 짖어대며 손수레 위에 실려 있는 커다란 통 위로 뛰어올랐다. 그리고 혀를 내밀고 눈을 번득이며 칭찬해주기를 바라는 듯 우리 얼굴을 번갈아가며 쳐다보았다. 통의 뚜껑과 손수레 바퀴는 검은색 액체로 더러워져 있었으며, 주위는 온통 크레오소트 냄새로 가득 차 있었다.

홈즈와 나는 어이가 없어서 서로의 얼굴을 바라보다가 곧 참지 못하고 웃음을 터뜨려버렸다. 어찌나 웃었는지 눈물이 날 정도였다.

오로라호의 행방

"이제 어떡하지?"

나는 난감한 표정으로 홈즈의 얼굴을 살피며 말을 이었다.

"어떻게 된 거지? 한 번도 실수한 적이 없다더니 완벽하진 않은가 보군."

하지만 홈즈는 대수롭지 않다는 듯이 말했다.

"토비는 냄새를 따라간 것뿐이야."

홈즈는 개를 통 위에서 안아 내리고는 목재 야적장 밖으로 데리고 나왔다.

"이 녀석도 나름대로 최선을 다한 거지. 런던에서 하루 동안 얼마나 많은 양의 크레오소트가 운반되는가를 생각한다면, 우리가 쫓는 냄새가 어딘가에서 섞였다 해도 그다지 놀랄 만한 일은 아니지. 최근 크레오소트가 여러 방면에서 사용되고 있어. 특히 목재를 건조할 때 없어서는 안 되고 말일세. 그러니 토비의 잘못은 아니지."

"그렇다면 우리가 찾는 냄새가 있는 곳에서부터 다시 시작해야겠군."

"그렇지. 하지만 그렇게 멀리까지 되돌아갈 필요는 없으니 그나마 다행이야. 토비가 나이츠 광장 모퉁이에서 헤맨 건 냄새가 남아 있는 길이 양쪽으로 갈라져 있기 때문이었어. 그러니까 다른 한쪽 길을 따라가면 될 걸세."

일은 아주 간단하게 해결되었다. 방향을 잘못 잡은 곳까지 토비를 데리고 가자, 크게 원을 그리며 냄새를 맡더니 곧 새로운 방향을 향해 달리기 시작했다.

"정신 차리지 않으면 이번에는 아까 그 크레오소트 통을 싣고 온 곳으로 우리를 데려갈지도 모르네."

내 말에 홈즈가 대꾸했다.

"나도 같은 생각을 했네. 하지만 아까는 차도로 갔는데 이번에는 인도로 가고 있지 않나. 그 통은 차도로 옮겨졌을 거야. 그러니 이번에는 틀림없이 제대로 냄새를 따라가고 있는 것 같네."

토비는 벨몬트 광장과 프린스가를 지나 강변으로 향했다. 브로드가가 끝나고 강가가 시작되는 곳에 나무로 만든 조그만 선창이 있었다. 토비는 선창 끝까지 가더니 거기에 멈춰 서서 강물의 흐름을 바라보며 슬프다는 듯이 코를 킁킁댔다.

"우리의 운은 여기까지군. 놈들은 여기서 배를 탄 것이 분명해."

홈즈가 아쉽다는 듯이 입맛을 다셨다. 주위를 둘러보니 조그만 나룻배와 범선이 대여섯 척 묶여 있었다. 우리는 토비를 배가 있는 곳으로 데려가 한 척, 한 척 냄새를 맡게 했다. 토비는 열심히 냄새를 맡았지만 별다른 반응을 보이지 않았다.

허술한 선창 가까이에 벽돌로 만든 조그만 집이 있었는데, 두 번째 창에 걸린 나무 간판에 커다랗게 '모드케이 스미스'라고 적혀 있었고, 그 밑에 '배 빌려드립니다'라는 글귀가 적혀 있었다. 문 위에 달린 또 하나의 간판에 '소형 증기선도 있음'이라고 적혀 있었는데, 그 때문인지 선착장 한쪽 구석에 석탄이 산더미처럼 쌓여 있었다. 홈즈는 말없이 주위를 둘러보았다. 그의 표정이 어두워졌다.

"이거 아무래도 조짐이 별로 안 좋아. 생각했던 것보다 훨씬 빈틈없는 녀석들이야. 자신들의 도주로를 은폐하려고 했어. 아무래도 사전에 계획을 다 짜두고 그에 따라 움직인 모양이야."

홈즈는 벽돌집을 흘낏 쳐다보더니 그쪽을 향해 걸어갔다. 그때 갑자기 현관문이 벌컥 열리더니 여섯 살쯤 된 곱슬머리 사내아이가 뛰쳐나왔다. 그리고 그 뒤를 좇아서 뚱뚱하고 얼굴이 불그스름한 여자가 커다란 스펀지를 손에 들고 나타났다.

"이리 와서 씻자. 잭, 어서 이리 와! 왜 이렇게 말을 안 들어? 아버지가 오셔서 그 더러운 꼴을 보면 그냥 계시지는 않을 거다."

여자가 외쳤지만 아이는 여자의 손을 이리저리 빠져나가며 쉽사리 잡히지 않았다. 그때 홈즈의 눈이 반짝 빛났다.

"이봐, 꼬마야! 볼이 발그스름한 게 아주 귀엽구나. 너 뭐 갖고 싶은 것 없니?"

어린아이를 이용해서 여자에게 접근할 속셈인 듯했다. 홈즈의 물음에 아이가 잠시 생각하더니 답했다.

"1실링이 갖고 싶어요."

"더 갖고 싶은 건 없니?"

아이는 또 생각하더니 대답했다.

"2실링이 더 좋아요!"

홈즈는 주머니에서 2실링을 꺼내 아이의 손에 쥐여

주며 말했다.

"자, 여기 있다! 꼭 쥐어야지! 씩씩한 아이네요, 부인."

"어머, 고맙습니다. 씩씩한 건 좋은데 너무 과해서 탈이에요. 이제 혼자서는 당할 수가 없어요. 특히 남편이 며칠씩 집을 비울 때는요."

"집을 비운다고요? 이거 참 큰일났군요. 남편 분과 이야기를 하고 싶어서 온 건데."

홈즈가 맥 빠진 소리로 말하자 여자가 답했다.

"어제 새벽에 나가서 아직 안 들어왔답니다. 사실 저도 조금 걱정되던 참이었어요. 하지만 배를 빌리시려는 거면 제가 해드릴 수도 있는데요."

"증기선을 빌리고 싶습니다."

"이를 어쩌나, 그건 마침 남편이 타고 나갔는데…. 실은 그래서 제가 걱정이 많습니다."

"왜죠?"

"그 배에는 기껏해야 울위치 정도까지 갔다 올 만큼의 석탄밖에 실려 있지 않았거든요. 나룻배로 간 거라면 이렇게 걱정하지 않아도 될 텐데…."

"특별한 일이라도 있습니까?"

"남편은 종종 손님을 태우고 그레이브젠드까지 자주 갑니다. 일이 미처 다 끝나지 않으면 거기서 묵고 오기도 하고요. 하지만 석탄이 다 떨어진 증기선으로 뭘 어쩌자는 건지…."

"강 하류에 있는 선창에서 석탄을 샀을지도 모르잖아요?"

홈즈의 질문에 여자는 고개를 저으며 말했다.

"네. 그럴 수도 있겠죠. 하지만 그이는 거기에서는 거의 사지 않아요. 겨우 두세 자루에 웃돈을 얼마나 받는 거냐며 곧잘 화를 내고는 했거든요. 게다가 저는 그 의족을 한 사람이 영 마음에 들지 않아요. 얼굴도 밉살맞고 외국어 억양이 섞인 말투도 싫고요. 도대체 무슨 일로 늘 이곳을 어슬렁대는 건지."

"의족을 한 남자라고요?"

홈즈가 조금 놀랐다는 표정을 지으며 묻자 여자가 답했다.

"그렇다니까요. 시커멓게 탄 얼굴이 꼭 원숭이를 닮은 남자인데, 가끔 우리 집에 찾아오지요. 지난밤에 남편을 깨운 것도 그 사람이었어요. 남편도 그 사람이 올 줄 미리 알고 있었나 봐요. 시동을 걸어놓고 언제라도 출발할 수 있도록 해놓았으니까요. 솔직히 말하자면 그게 자꾸 마음에 걸려서 견딜 수가 없어요."

"걱정하지 마세요, 부인. 지난밤에 왔던 사람이 꼭 의족을 한 남자라는 보장도 없잖아요? 어떻게 그렇게 확실하게 말씀하실 수 있는 거죠?"

홈즈의 질문에 여자가 어깨를 들썩이며 말했다.

"목소리를 듣고 알았지요. 탁하고 걸걸한 목소리랍니다. 대략 새벽 3시쯤이었을 거예요. 창문을 두드리더군요. 그러고는 '이봐, 일어나게. 이제 슬슬 나가봐야 할 시간일세.' 하고 말했어요. 남편은 짐을 깨워, 짐은 큰아들이에요. 내게는 한마디도 없이 둘이서 밖으로 나갔어요. 의족으로 돌 위를 걸어가는 소리가 들려왔지요."

"그런데 의족을 한 남자 혼자 왔었나요?"

"그건 잘 모르겠는데요. 다른 사람의 목소리나 발소리는 듣지 못했어요."

"그건 그렇고, 내가 한발 늦었네요. 부인, 나도 증기선을 빌리려고 왔습니다. 증기선은 여기 증기선이 좋다는 얘길 들었거든요. 참, 그 증기선 이름이 뭐죠?"

"오로라호예요."

"아, 맞아! 폭이 넓고 녹색 바탕에 노란색 줄이 있는 낡은 증기선이지요?"

"아니요. 이 강에서는 좀처럼 볼 수 없는 세련된 배예요. 새로 칠한 지 얼마 되지 않았는데, 검은 바탕에 빨간색 줄이 두 개 있어요."

"고맙습니다. 곧 남편에게서 소식이 올 겁니다. 나도 지금부터 강을 따라 내려갈 거니까, 도중에 오로라호를 보면 부인이 걱정하고 있다는 말을 전해드리지요. 굴뚝은 검은색이었나요?"

"아니에요. 검은 바탕에 흰 띠를 둘렀어요."

"맞아, 맞아. 검은 건 배의 옆 부분이었지. 그럼, 안녕히 계세요. 왓슨, 저쪽 나룻배에 사공이 있네. 저걸로 강을 내려가세."

나룻배의 좌석에 앉자 홈즈가 다시 말을 이었다.

"저런 사람들과 이야기할 때는, 뭔가 중요한 것을 묻고 있다는 인상을 절대로 심어주어서는 안 되네. 그런 인상을 조금이라도 받으면 상대는 바로 조개처럼 입을 굳게 닫아버리거든. 그냥 별 관심도 없는 것처럼 물어보면 틀림없이 대부분의 얘기를 들을 수 있다네."

"그렇군. 어쨌든 이제 할 일은 하나뿐이군."

내 말에 홈즈가 물었다.

"자네 생각에는 우리가 뭘 해야 좋을 것 같은가?"

"증기선을 빌려서 오로라호를 찾아다녀야 하지 않겠나?"

내 말에 홈즈는 미간을 찌푸리며 답했다.

"농담하지 말게나. 그건 그렇게 쉬운 일이 아니야. 그 배는 여기서 그리니치 사이의 어딘가에 정박해 있을 거야. 다리를 지나고 나서부터는 몇 마일에 걸쳐 수많은 선창이 미궁처럼 있다고. 우리가 돌아다니면서 찾으려면 전부 조사하는 데 며칠은 걸릴 거야."

"그럼 경찰에 협조를 요청해야지."

"아니, 그건 안 될 말이지. 나는 마지막 순간이 되어서야 존스 형사를 부를 생각이네. 그는 결코 나쁜 사람이 아니야. 그러니 일 때문에 그가 상처받으면 안 되지. 이왕 여기까지 왔으니 나 혼자의 힘으로 사건을 해결하고 싶네."

"그럼 선창 주인들에게 정보를 제공해달라는 광고를 신문에 싣는 건 어떻겠나?"

"그건 더 좋지 않은 방법일세! 바로 뒤까지 추적해온 사람이 있다는 걸 알면 녀석들은 외국으로 튀어버릴 테니까. 실제로 그럴 가능성이 얼마든지 있지만, 자신들이 안전하다고 생각하는 동안에는 그렇게 서두르지는 않겠지. 바로 이 점에서 존스 형사의 활약이 우리에게 도움이 되는 셈이지. 이번 사건에 대한 그의 의견은 반드시 신문에 실릴 테고, 녀석들은 경찰이 엉뚱한 방향으로 수사하고 있다고 여겨 마음을 놓을 게 틀림없으니까."

"그럼 이제 어떻게 할 생각인가?"

밀뱅크 교도소 가까이에서 뭍으로 올라오면서 내가 묻자 홈즈가 답했다.

"마차를 타고 집으로 돌아간 뒤, 아침 식사를 하고 한 시간가량 눈을 붙여야지. 아무래도 오늘 밤에 다시 움직여야 할 것 같으니까."

우리는 이륜마차에 올라 하숙집으로 향했다. 날은 이미 환하게 밝은 지 오래였다.

"여보게, 우체국 앞에서 잠깐 세워주게."

홈즈는 마부에게 말을 건넨 뒤 발아래에 얌전히 앉아 있는 토비를 내려다보며 내게 말했다.

"토비는 앞으로 쓸모가 있을 테니 당분간 데리고 있도록 하세."

마부는 그레이트 피터가에 있는 우체국 앞에 마차를 세웠다. 빠른 걸음으로 우체국 안으로 들어간 홈즈는 잠시 후 다시 마차에 올라탔다. 마차가 다시 움직이자 홈즈가 내게 물었다.

"누구에게 전보를 친 것 같은가?"

"모르겠는데."

"베이커가 특별 수사대를 기억하고 있겠지? 그 왜, 제퍼슨 호프 사건 때 내가 고용했던 소년들 말이네."

"아, 그 녀석들."

이렇게 말한 나는 웃음을 터뜨렸다.

"이번 사건에서도 그 친구들이 많은 도움을 줄 것 같네. 실패를 한다 해도 다른 방법은 또 있네. 하지만 우선은 그들에게 시켜볼 생각이네. 전보는 땟국이 줄줄 흐르는 꼬마 대장 위긴스에게 보냈네. 그러니 우리가 아침 식사를 마칠 때쯤 위긴스와 그의 부하들이 들이닥칠 걸세."

8시에서 9시로 향하는 시각이었는데, 전날 밤에 계속 긴장 상태에 있어서 그런지 몸과 마음이 완전히 지쳐서 머리가 띵하고 손가락 하나 까딱할 힘조차 없었다. 나는 홈즈처럼 전문가로서의 정열도 없는 데다, 단순히 머리를 써서 수수께끼를 푸는 데에만 재미를 느껴서 본격적으로 사건에 뛰어들지도 못했다. 바솔로뮤 숄토의 죽음에 관해서도 마찬가지였다. 그 사실만 놓고 이야기하자면, 바솔로뮤 숄토에 대한 좋은 소리를 듣지 못했기 때문에 범인들에게 그다지 강한 반발심이 들지 않았다.

하지만 보물을 되찾는 문제는 완전히 다른 이야기였다. 적어도 보물의 일부는 당연히 모스턴 양의 것이었다. 그것을 되찾을 기회가 있는 한, 그 목적을 위해 내 인생을 걸 각오까지 하고 있었다. 보물이 발견된다면,

그리하여 그녀가 부유한 상속녀가 된다면 그녀는 영원히 내 손이 닿을 수 없는 먼 곳으로 사라져버릴 수도 있다. 하지만 그따위 하찮고 이기적인 생각 때문에 내 사랑을 가치 없는 것으로 만들고 싶지는 않았다. 만약 범인을 잡기 위해 애써야 할 이유가 홈즈에게 있다면, 내게는 보물을 찾는 일에 전력을 기울여야 할 이유가, 홈즈의 열 배 정도는 있는 셈이었다.

집으로 돌아와 샤워하고 옷을 갈아입자 새로운 힘이 솟는 듯했다. 계단 밑에 있는 방으로 가보니 벌써 아침 식사가 준비되어 있었다. 홈즈는 홍차를 따르는 중이었다. 홈즈가 웃음 띤 얼굴로 신문을 가리키며 말했다.

"이걸 좀 보게나. 그 정력적인 노력가 존스 형사와 신출귀몰 신문 기자들이 얘기를 이렇게 만들어놓았다네. 사건에 관한 얘기라면 자네도 이제 넌덜머리가 날 테니, 우선은 햄에그부터 먹는 게 나을 걸세."

나는 홈즈에게서 신문을 받아 '어퍼 노우드의 괴사건'이란 제목이 붙은 짧은 기사를 읽었다. 그것은 〈스탠다드〉지에 실린 기사였다.

어젯밤 2시경, 어퍼 노우드의 폰티체리 저택에 살고 있는 바솔로뮤 숄토가 자신의 방에서 시체로 발견되었다.

현장 상황으로 보아 타살 가능성이 높다. 시체에서 외상은 발견되지 않았으며, 피해자가 부친에게서 상속받은 인도의 값비싼 보물들이 없어졌다. 처음으로 시체를 발견한 사람은 고인의 동생인 새디어스 숄토 씨 그리고 그와 함께 저택을 방문했던 셜록 홈즈 씨와 의사인 존 왓슨 박사다.

다행스럽게도 경찰 형사계에서 유능하기로 이름이 높은 애설니 존스 형사가 우연히 노우드 경찰서에 있었기 때문에 사건 소식을 접하고 채 30분도 지나지 않아 현장으로 달려갈 수 있었다. 그는 훈련과 경험을 통해 쌓은 실력을 발휘하여 범인 수사에 착수했고, 그 결과 피살자의 동생 새디어스 숄토를 비롯하여 가정부 번스턴 부인, 인도인 집사 랄 라오, 문지기 맥머도 등을 체포하는 성과를 올렸다.

범인이 집안의 내부 구조에 밝은 사람이라는 점은 매우 명백한데, 존스 형사는 그 전문적인 지식과 날카로운 관찰력으로, 범인은 문이나 창을 통해서 침입한 것이 아니라 지붕을 타고 넘어와 들창을 통해서 시체가 발견된 방과 이어지는 다락방으로 숨어들었다는 사실을 확실하게 증명했다. 매우 확실하게 증명된 이 사실은, 이번 사건이 단순한 우연에 의해 발생한 강도 사건이 아님을 결정적으로 입증하고 있다. 경찰이 신속하고 힘에 넘치는 활동을 했다는 사실을 보더라도, 이와 같은 사건이 일어났을 때 두뇌회전이 빠른 사람의 존재가 얼마나 중요한지를 잘 알 수 있다. 또한 이 사실은, 경찰력을 한층 더 분권화해 보다 더 치밀하고 효과적인 수사가 이루어지도록 해야 한다고 주장하는 사람들에게 커다란 귀감이 될 것이다.

"어떤가? 아주 굉장한 기사 아닌가?"

홈즈가 커피를 마시며 빙긋 웃어 보인 뒤 이어 말했다.

"하마터면 우리까지 체포될 뻔했군."

"그러게 말이야. 다시 한 번 그때의 여세를 몰아 우리 앞에 나타난다면, 우리의 안전도 보장할 수 없을 걸세."

내 말이 끝난 바로 그때였다. 요란스럽게 벨이 울리더니 아래층에서 허드슨 부인의 목소리가 들려왔다. 그녀는 약간 당황해하고 꺼려하는 목소리로 누군가를 나무라고 있었다.

"맙소사, 홈즈. 정말 우리를 잡으러 온 모양이네."

내가 반쯤 자리에서 일어나며 말하자 홈즈가 차분히

말했다.

"그렇게 허둥댈 것 없네. 사설 탐정단일세. 베이커가 특별 수사대라고."

그의 말이 채 끝나기도 전에 맨발로 계단을 쿵쾅대며 오르는 소리와 웅성웅성 떠들어대는 소리가 들려오더니, 누더기를 걸친 꼬질꼬질한 부랑아 열두어 명이 쏟아져 들어왔다. 그들 사이에도 규율 같은 것이 존재하는지, 들어설 때는 왁자지껄했어도 곧바로 우리 앞에 일렬로 길게 늘어서서 명령을 기다리는 듯한 자세를 취했다. 그중에서 가장 나이가 많아 보이는 키 큰 소년이 한 걸음 앞으로 나서며 허수아비같이 깡마른 몸매와는 달리 엄숙한 목소리로 말했다.

"전보를 받고 바로 아이들을 전부 데리고 왔습니다. 차비는 3실링 6펜스입니다."

홈즈가 주머니에서 은화를 꺼내주며 말했다.

"위긴스, 앞으로는 네가 모두에게서 보고를 받은 후 내게 최종으로 보고하는 방식을 취하도록. 이렇게 한꺼번에 왁자지껄 몰려들지 말고 말이야. 하지만 이렇게 모두 모인 자리에서 명령하는 것도 괜찮겠지. 오로라호라는 증기선이 어디에 있는지 알고 싶다. 선주의 이름은 몬케이 스미스, 선체는 검은색 바탕에 붉은 줄이 두 개 들어가 있고, 굴뚝은 검은 바탕에 흰 줄이 하나 들어가 있다. 템스강 하류 어딘가에 있을 거다. 누구든 한 명은 밀뱅크 교도소 건너편에 있는 모드케이 스미스 선착장에 있다가 배가 돌아오는 즉시 연락을 주기 바란다. 나머지는 두 패로 나눠서 양쪽 기슭을 철저하게 찾아보도록. 무슨 일이 있으면 바로 연락주기 바란다. 알겠나?"

"네, 알겠습니다."

위긴스가 말했다.

"보수는 평소와 똑같다. 증기선을 발견하는 사람에게는 따로 1기니를 더 주겠다. 자, 하루 분을 미리 주마. 그럼, 출동!"

홈즈가 모두에게 1기니씩을 나누어주자 그들은 시끌벅적 떠들며 계단 밑으로 내려갔다. 나는 곧 그들이 거리로 쏟아져나가는 모습을 지켜보았다. 홈즈가 테이블 앞에서 일어나 담배에 불을 붙이며 말했다.

"배가 가라앉지만 않았다면 틀림없이 찾아낼 걸세. 저 녀석들이라면 어디든 갈 수 있고, 무엇이든 볼 수 있고, 들을 수 있으니까. 저녁때까지는 배를 발견했다고 알려올 걸세. 우린 그동안 그저 기다리면 돼. 오로라호나 모스케이 스미스가 발견되기 전까지는 다시 추적을 시작할 수 없으니까 말일세."

"토비에겐 이 먹다 남은 빵을 주면 되겠군. 홈즈, 자네 잘 건가?"

"아니, 그렇게 피곤하지 않아. 난 좀 묘한 체질이야. 일이 없을 때는 온몸에서 힘이 쑥 빠져나가지만, 일이 있을 때는 조금도 피곤하지 않으니까. 지금부터 담배를 피우면서 그 아름다운 의뢰인이 가져온 이 기묘한 사건에 대해서 곰곰이 생각해야겠네. 만약 간단한 일이라는 게 존재한다면, 우리가 이번에 맡은 일이야말로 그 표본일 걸세. 의족을 한 사내도 그리 흔치 않은데, 또 다른 한 사람은 세상에서 아주 보기 드문 사람이니까."

"또 그 공범자 얘긴가?"

내가 공범에 관심을 보이자 홈즈는 대수롭지 않다는 듯 이야기를 꺼냈다.

"일부러 사실을 숨길 생각은 없어. 하지만 자네 혼자서 결론을 내려보는 것은 어떨까?"

"정보를 종합해보란 말이군."

"맞았네. 우선 놈은 발이 아주 작아. 게다가 신발은 신어보지도 않은 것 같더군. 또 맨발로 돌을 매단 막대기를 들고 다니지. 몸은 아주 날렵하고 독침도 잘 날린다네. 자, 이런 단서를 종합해보게. 과연 범인은 어떤 사람일까?"

"원주민이 분명하군!"

나는 큰 소리로 외친 후 말을 이었다.

"혹시 조나단 스몰의 동료였던 인도인들 중 한 명이 아닐까?"

"그렇지 않아."

홈즈가 씁쓸한 표정으로 고개를 저었다.

"그건 아닌 것 같네. 처음 그 묘하게 생긴 무기를 보았을 때는 나도 그렇게 생각했네만, 발자국에 확연하게 드러난 특징을 보고는 생각을 바꿨지. 인도 반도에 사는 원주민 중에 몸집이 작은 종족이 없는 건 아니지만, 그런 발자국을 남길 종족은 없다네. 인도 원주민은 발이 길고 얇다네. 샌들을 신는 회교도는 엄지발가락이 크고 다른 발가락들과 떨어져 있지. 발가락 사이에 늘 가죽 끈을 끼고 다니기 때문이야. 그리고 조그만 독침 말인데, 그걸 쏠 수 있는 방법은 오직 하나뿐일세. 대롱에 넣어 입으로 부는 거지. 그렇다면 이 원시인은 어디에서 왔을까?"

"남아메리카가 아닐까?"

내가 자신 없는 목소리로 조심스럽게 대답하자 홈즈가 책장에서 두꺼운 책을 한 권 뽑아들고 왔다.

"이건 지금 간행 중인 지명 사전의 첫 번째 권일세. 믿을 만한 최신 정보라고 봐도 좋을 걸세. 여기에 무슨 말이 적혀 있는지 보게."

홈즈는 책장을 펼치더니 자신이 찾은 구절을 큰 소리로 읽었다.

"안다만 제도, 수마트라 북쪽 544킬로미터 지점의 뱅골만에 위치하고 있다. 다습한 기후에 산호초, 상어 떼와 블레어 항구, 죄수들의 막사, 러트랜드 섬, 고리버들 재배…."

책을 읽어내려가는 홈즈의 눈은 밝게 빛나고 있었다.

"옳지! 여기 있군. '안다만 제도 사람들은 아마 지구상에서 가장 키가 작은 종족일 것이다. 하지만 인류학자들 중에는 아프리카의 부시맨, 아메리카의 디거 인디언, 푸에고 제도의 토착민을 꼽기도 한다. 안다만 제도 원주민의 평균 신장은 4피트 이하로, 성인들 중에서도 그보다 훨씬 더 작은 사람이 많다. 사납고 성격이 까다로운 종족이지만, 일단 신뢰를 얻으면 몸과 마음을 전부 내주어 우정을 맺을 수 있다.' 중요한 대목은 바로 여길세. 이렇게 적혀 있다네. '그들은 선천적으로 모습 흉한 종족으로, 크고 일그러진 머리와 조그맣고 흉포한 눈에 얼굴도 심하게 일그러져 있다. 게다가 손과 발이 놀랄 정도로 작다. 매우 사납고 다루기 힘든 상대이기 때문에 그들을 지배하려던 영국 정부의 노력은 매년 허사로 돌아갔다. 그들은 난파선을 습격해 끝에 돌을 매단 봉으로 생존자의 머리를 깨기도 하고 독침으로 쏴죽이기도 해서, 항해자들은 언제나 그들을 두려워한다. 이러한 학살 후에 그들은 반드시 인육으로 잔치를 연다.' 참으로 훌륭하고 사랑스러운 민족이 아닌가, 왓슨! 만약 그 사람이 제멋대로 날뛰게 내버려두었다면 얼마나 끔찍한 사건이 되었을지 알 수 없네. 사실, 지금까지 저지른 일만으로도 조나단 스몰은 틀림없이 그 사람을 끌어들인 걸 크게 후회하고 있을 걸세."

"그렇다면 스몰은 어떻게 그런 이상한 녀석을 알게 되었을까?"

"글쎄, 그건 나도 잘 모르겠네. 하지만 스몰이 안다만 섬에서 온 것만은 확실하니, 그 섬사람과 함께 있다고 해도 이상할 건 조금도 없지. 곧 모든 사실이 밝혀질 걸세. 왓슨, 자네 아주 피곤해 보이는군. 거기 소파에 좀 눕게. 내가 재워줄 테니."

내가 소파에 눕자 홈즈는 방 한쪽 구석에서 바이올린을 꺼내오더니, 낮고 아름다우며 환상적인 곡을 연주해주었다. 틀림없이 홈즈의 자작곡이었을 것이다. 그는 즉흥적으로 곡을 만들어내는 뛰어난 재능이 있었다.

그의 가냘픈 손, 진지한 얼굴, 활을 올렸다 내렸다 하는 모습 등이 어렴풋이 눈앞에 어른거리던 기억이 난다. 나는 마침내 잔잔한 소리의 바다 위를 둥실둥실 떠다니는 기분이 들었고, 어느새 깊은 잠 속으로 빠져들었다. 꿈속에서 만난 아름다운 메리 모스턴 양은 나를 향해 빛나는 미소를 짓고 있었다.

잃어버린 퍼즐 조각

나는 오후가 다 지나서야 일어났다. 실컷 자고 나서인지 온몸에 기운이 넘치는 듯했다. 홈즈는 내가 잠들기 전과 조금도 변함없는 자세로 앉아 있었다. 달라진 점이라면 바이올린을 옆에 내려놓은 채 독서에 완전히 빠져 있다는 것이었다. 내가 몸을 움직이자 내 쪽으로 고개를 돌렸는데, 걱정하는 기색이 서려서인지 얼굴빛이 어두웠다.

"아주 깊이 잠들었더군. 대화 소리에 깨지나 않을까 걱정했는데 말이야."

홈즈의 말에 내가 물었다.

"아무런 소리도 듣지 못했네. 그사이에 새로운 소식이라도 있었나?"

"불행히도 없네. 솔직히 말해서 놀랍기도 하고 실망

스럽기도 해. 지금쯤이면 뭔가 윤곽이 잡혀 있어야 하는데 말이야."

"위긴스는?"

"방금 보고하러 왔었네. 하지만 아직 오로라호의 행방을 찾지 못했다더군. 1분 1초가 급한데…. 이렇게 시간이 오래 걸릴 줄은 전혀 몰랐네."

"내가 뭐 도와줄 일은 없나? 이제 완전히 기운을 차렸으니, 하룻밤 정도는 더 먼 곳까지 가도 괜찮을 걸세."

"아닐세, 지금은 딱히 손쓸 방도가 없네. 그저 기다릴 수밖에 없어. 괜히 둘 다 자리를 비웠다가 그사이에 연락이라도 오면 때를 놓쳐버릴지도 모르네. 자네야 다른 볼일을 봐도 상관없지만, 나는 여기서 좀 더 기다려야겠네."

"그럼 나는 잠깐 캠버웰로 가서 세실 포레스터 부인을 보고 오겠네. 어제 다시 와달라는 청을 받았거든."

"오호, 세실 포레스터 부인을 만나러 간다고?"

홈즈가 의미심장한 미소를 지으며 나를 쳐다보았다. 나는 애써 그의 시선을 피하며 말했다.

"물론 모스턴 양도 보고 와야지. 두 사람 모두 이후 상황을 알고 싶을 테니까."

"나 같으면 너무 많은 얘기는 안 할 걸세. 사람이란

완전히 믿을 수 없는 존재거든. 가장 신뢰할 수 있는 상대라 해도 마찬가지일세."

아주 편협한 의견이라고 생각했지만, 그의 의견에 반박할 시간이 없었다. 바쁘게 나서며 홈즈에게 말했다.

"한두 시간 후에는 돌아오겠네."

"좋을 대로 하게나. 행운을 비네. 그건 그렇고, 강을 건너갈 거라면 지나는 길에 토비를 좀 돌려줄 수 있겠나? 더는 도움받을 일은 없을 것 같아서 말이야."

나는 늙은 동물 상인의 집에 들러, 10실링과 함께 개를 돌려주었다. 캠버웰에 도착해 만난 모스턴 양은 어젯밤의 모험으로 조금 지쳐 있는 듯했지만, 그래도 이후의 일을 무척 궁금해했다. 포레스터 부인의 눈도 호기심으로 반짝였다.

나는 이번 사건의 아주 끔찍한 부분은 빼고 우리가 겪은 일에 대해서 전부 이야기해주었다. 가령 바솔로뮤 숄토가 살해되었다는 이야기는 해주었어도, 살해 방법이나 현장 모습은 자세히 설명하지 않는 식이었다. 상당히 생략한 이야기인데도 두 여자는 매우 놀라워했다.

"중세 기사의 모험담 같아요. 불행에 빠진 아가씨에, 50만 파운드의 보물, 피부가 검은 식인종, 의족을 한 악당! 옛날이야기였다면 용이나 성격이 비뚤어진 남작이

나왔을 테지만요. 아! 아가씨를 도와주기 위해 길을 떠나는 두 기사도 등장하죠!"

모스턴 양이 반짝이는 눈으로 나를 보며 말했다. 그러자 포레스터 부인이 말했다.

"무슨 소리를 하는 거예요, 메리 양. 당신의 운명이 이 수사 결과에 달려 있다고요! 그런데도 아무런 관계도 없는 사람처럼 그렇게 속 편한 소리라니. 한번 생각해보라고요. 어마어마한 부자가 되어서 하고 싶은 대로 하고 살면 얼마나 좋을지."

포레스터 부인의 말에도 모스턴 양은 설레는 듯한 기색은 조금도 없었다. 오히려 막대한 부자가 되는 것은 자기와 상관없는 일이라는 듯한 얼굴로 고고하게 머리를 저었다. 나는 그런 그녀의 모습을 보면서 넘쳐흐르는 기쁨을 억누를 길이 없었다. 모스턴 양이 진심 어린 목소리로 말했다.

"그보다는 새디어스 숄토 씨의 일이 걱정이에요. 다른 일은 아무래도 상관없어요. 그분은 처음부터 저를 아주 훌륭한 태도로 친절하게 대해주셨어요. 그분의 억울한 혐의를 벗겨주는 게 우리가 할 일이라고 생각해요."

땅거미가 질 무렵이 되어서야 캠버웰을 나섰기 때문에, 내가 하숙집에 도착한 것은 완전히 어두워진 뒤였다. 홈즈의 책과 파이프는 의자 옆에 그대로 놓여 있었지만, 그의 모습은 보이지 않았다. 어디 메모라도 남겨두었나 찾아보았지만 그것도 없었다. 때마침 덧문을 닫으러 올라온 허드슨 부인에게 물었다.

"셜록 홈즈는 외출했습니까?"

"아니요. 방에 계신걸요. 그보다 저기, 선생님."

부인이 갑자기 목소리를 낮추며 말했다.

"저는 홈즈 씨의 몸이 조금 걱정됩니다."

"무슨 일이 있었나요, 부인?"

"아무래도 그분 좀 이상해요. 선생님이 외출하신 이후로 계속해서 방 안을 왔다 갔다 했는데, 발소리가 어찌나 귀에 거슬리던지 견딜 수가 없을 정도였다니까요. 그리고 자꾸만 뭐라고 혼잣말을 중얼거리는 소리가 들려왔어요."

"혹시 찾아온 사람은 없었습니까?"

"현관에서 벨소리가 날 때마다 계단까지 나와서 '지금 온 게 누구죠, 부인?' 하고 큰 소리로 물었어요. 지금은 자기 방으로 들어가서 문을 걸어 잠갔지만, 아직도 서성이는 소리가 들린다니까요. 무슨 정신병이나 아니었으면 좋으련만. 진정제가 필요하냐고 물었더니 무서운 표정을 지어 보여서, 깜짝 놀라 나도 모르게 뒷걸음

질했다니까요."

"그렇게 걱정할 필요는 없어요. 전에도 그런 적이 있었거든요."

"아니, 대체 무슨 일이 있는 거랍니까?"

"요즘 마음 쓰는 일이 있어서 그렇습니다."

나는 친절하고 사람 좋은 부인이 쓸데없는 걱정을 하지 않도록 가능한 한 별일 아니라는 듯이 대답했다. 하지만 길고 길었던 그 밤, 그의 둔탁한 발소리가 밤새 들려왔다. 그때마다 '명석한 두뇌를 자랑하는 홈즈여서 이처럼 아무런 손도 쓰지 못한 채 기다려야만 하는 상황에 더더욱 초조감을 느끼는 게 아닐까?' 하는 생각이 들면서 나까지 불안해졌다.

다음 날 아침 식사 시간에 만난 홈즈는 아주 피곤하고 초췌해 보였으며, 열이라도 있는지 뺨이 발갛게 달아올라 있었다. 내가 걱정스레 물었다.

"밤새 방 안을 서성이는 소리가 들리더군. 자네, 그러다 쓰러지기라도 하면 어쩌려고 그러나?"

"아, 잠이 오지 않아서 말이야. 그 사건 때문에 밤새도록 고민했다네. 범인이랑 증기선 이름까지 다 알아냈는데, 어디 있는지를 몰라서 이렇게 시간만 보내고 있다니! 답답해서 견딜 수가 없네."

홈즈는 이맛살을 찌푸리더니 신경질적으로 머리를 쓸어 올리며 이어 말했다.

"정말 한심해! 다른 사람들까지 보내서 강가를 샅샅이 살펴보라고 했지만 아무런 단서도 찾을 수가 없었네. 이제 내가 할 수 있는 수단은 전부 동원했어."

"스미스 부인에게 연락해보면 어떤가?"

"스미스 부인도 아직 남편 소식을 모른다네. 혹시 놈들이 배 바닥에 구멍을 뚫어 가라앉혀버린 게 아닌가 하는 생각까지 들었다니까. 하지만 그럴 가능성은 희박하지."

"그렇다면 스미스 부인이 일부러 다른 배를 가르쳐준 것은 아닐까?"

"아니, 그건 아닐 걸세 여기저기 알아봤는데, 그런 증기선이 틀림없이 존재한다는군."

"상류 쪽으로 거슬러 올라갔을 가능성은?"

"나도 그 생각을 했다네. 일단 수색대를 보내서 리치먼드 부근까지 조사하도록 했네. 오늘까지 아무런 소식이 없으면 내일은 내가 직접 나가볼 생각이야. 배가 아니라 범인을 찾아야겠어."

하지만 기다리던 소식은 들려오지 않았다. 위긴스 무리뿐 아니라 다른 조사자들에게도 아무런 연락이 없었다. 거의 모든 신문에 노우드의 비극에 관한 기사가 실렸고 전부 새디어스 숄토에게 동정적이지 않았다. 하지만 신문 기사에도 내일 검시가 있다는 것 외에 새로운 사실은 무엇 하나 실려 있지 않았다.

저녁 무렵에 나는 캠버웰까지 걸어가서 두 여자에게 우리의 수사가 어려움을 겪고 있다는 사실을 보고한 뒤 집으로 돌아왔는데, 그때 홈즈는 맥빠진 모습으로 우울한 표정을 짓고 있었다. 어찌나 침울해 보이던지 말 한마디 건네기도 어려울 정도였다. 분위기를 바꿔보려고 몇 가지 질문을 하기도 했지만 그는 아무런 대답도 하지 않았다. 그저 저녁 내내 까다로운 화학 실험을 하며 시간을 보냈을 뿐이었다. 그는 끊임없이 증류기를 가열해서 기체를 증류시켰다. 마지막에는 어찌나 지독한 냄새를 풍기던지 도저히 그 자리에 있기가 힘들 정도였다. 결국 나는 내 방으로 돌아와버렸는데, 그날 새벽까지 시험관 부딪치는 소리가 들려왔다. 그는 그때까지도 잠을 자지 않고 악취 나는 실험에 몰두한 것이 분명했다.

동이 틀 무렵 흠칫 놀라 눈을 떠보니. 놀랍게도 홈즈가 뱃사람 같은 복장에 두꺼운 잠바를 걸치고 촌스러워 보이는 빨간 스카프를 목에 감은 채 침대 머리맡에서 있었다.

"왓슨, 강 하류에 좀 다녀오겠네. 여러 가지로 생각해봤지만 방법은 하나밖에 없어. 어쨌든 시도해볼 만한 가치는 있을 것 같네."

"그럼 내가 따라나서도 상관없겠지?"

"아니, 자네는 나 대신 여기 남는 편이 더 도움이 돼. 솔직히 나도 별로 나가고 싶지 않다네. 오늘이야말로 분명히 소식이 있을 테니까. 위긴스 녀석, 어젯밤에는 완전히 풀이 죽었더라고. 편지나 전보는 전부 뜯어보게나. 만약 무슨 연락이 있으면 그때는 자네의 판단에 따라 행동해주게. 그래 줄 수 있겠지?"

"물론이지."

"내게는 전보를 칠 수 없을 걸세. 나도 내가 어디로 갈지 모르니까 말이야. 하지만 운이 좋으면 그렇게까지 멀리 가지 않아도 될 걸세. 이번에는 틀림없이 새로운 정보를 가지고 돌아오겠네."

아침 식사를 할 때까지도 아무런 소식이 없었다. 그런데 〈스탠더드〉지를 살펴보니, 이 사건에 관한 새로운 기사가 실려 있었다.

어퍼 노우드에서 발생한 비극이 처음에 생각했던

것보다 훨씬 복잡하게 얽혀 있을 가능성이 대두되었다. 새로이 발견된 증거에 의하면, 새디어스 숄토 씨가 사건의 범인일 가능성은 없다고 한다. 그에 따라 새디어스 숄토 씨와 가정부 번스턴 부인은 어젯밤에 석방되었다.

하지만 경찰은 진범에 관한 단서를 잡은 듯하며, 런던 경찰청의 유능한 형사 애설니 존스가 평소와 다름없이 전력을 기울여 수사를 진행하고 있다고 한다. 머지않아 경찰이 범인을 체포할 수 있을 것으로 보인다.

'어쨌든 새디어스 씨가 혐의를 벗었으니 다행이군. 그런데 새로운 단서가 무엇일까? 뭐, 이건 경찰이 어처구니없는 실수를 저질렀을 때 쓰는 방법처럼 보이기도 하지만.'

이렇게 생각하며 신문을 테이블 위로 던졌는데, 그 순간 사람 찾는 광고 하나가 눈에 들어왔다. 그것은 다음과 같은 글이었다.

〈사람을 찾습니다〉

찾는 사람:선주 모드케이 스미스 및 그의 아들 짐.

두 사람은 지난 화요일 오전 2시경에 오로라호라는 증기선을 타고 스미스 선착장에서 출발한 뒤 그대로 소식이 끊어졌음. 증기선은 검은 선체에 붉은 줄이 둘, 검은 굴뚝에 하얀 줄이 하나 들어가 있음. 모드케이 스미스 및 오로라호의 행방에 관해서 스미스 선창의 스미스 부인이나 베이커가 221B로 연락을 주는 분께는 5파운드를 드림.

홈즈가 낸 광고가 틀림없다. 베이커가의 주소가 그 사실을 확실하게 증명하고 있다. 참으로 좋은 방법이라고 감탄하지 않을 수 없었다. 이렇게 하면 혹여 도망 중인 범인이 본다 해도, 행방을 감춘 남편이 걱정된 부인이 낸 광고라고 생각할 것이다.

어느덧 길고 긴 하루가 저물고 있다. 문을 노크하는 소리가 들릴 때마다, 거리를 바삐 걷는 발소리가 들릴 때마다 홈즈가 돌아온 것은 아닌지, 정보를 알고 있는 누군가가 광고를 보고 찾아온 것은 아닌지 기대했더니 하루가 유독 길게 느껴졌다. 차분히 앉아서 책을 읽어 보려고도 했지만 지지부진한 수사와 우리가 쫓는 범인 생각에 집중이 안 되었다.

혹시 홈즈의 추리에 어떤 근본적인 문제가 누락된

것은 아닐까? 어떤 커다란 오류를 범하고 있는 것은 아닐까? 그가 아무리 앞뒤 상황을 고려해서 깊이 생각하는 명석한 두뇌의 소유자라도, 출발점을 잘못 잡는다면 어처구니없는 이론을 세우게 된다.

홈즈는 지금까지 실수를 범한 적이 없지만, 제아무리 머리가 좋은 이론가라도 때로는 실수할 수도 있다. 그런 사람들은 너무 이론적으로 따지기 때문에 종종 실수를 범한다. 상식적인 설명으로 간단하게 끝낼 수 있는 문제도 일부러 어렵게 해석하려는 버릇이 있기 때문이다.

하지만 나는 내 눈으로 직접 증거들을 봤고, 홈즈가 왜 그렇게 생각하는지도 하나하나 그 이유를 들었다. 여러 가지 기괴한 일을 생각해보면, 증거 대부분이 아주 사소하고 하찮은 것에 불과해도 모두 한 방향을 가리키지 않나? 가령 홈즈의 생각에 오류가 있다 하더라도, 사건의 진상 역시 기괴하고 놀라운 것임에 틀림없다.

오후 3시쯤 벨이 요란스레 울리더니 현관에서 고압적인 목소리가 들려왔다. 쿵쾅거리며 계단을 올라와 방문을 열어젖힌 사람은 다름 아닌 애설니 존스 형사였다. 하지만 지난번 노우드에서 현장을 휘젓고 다니며 거만하게 상식을 설교하던 모습은 전혀 찾아볼 수가 없었다. 얼굴은 초췌했고 태도는 조심스러웠으며, 뭔가 미안해하는 듯한 표정이었다.

"안녕하십니까? 왓슨 선생님. 홈즈 씨는 외출하셨다고요?"

"네, 그런데 언제 돌아올지 모르겠군요."

"잠시 기다려도 될까요?"

"물론입니다. 그쪽 의자에 앉아서 담배라도 한 대 피우시지요."

나는 그의 앞쪽으로 담배가 담긴 통을 밀어주었다. 그는 붉은 손수건을 꺼내 땀이 흐르는 얼굴을 부지런히 닦으며 말했다.

"고맙습니다. 그럼 기다리겠습니다."

"위스키 소다 한잔하시겠습니까?"

"그럼 반 잔만 부탁드립니다. 늦더위가 기승을 부리네요. 게다가 여러모로 고민거리가 있어서 좀 지쳤습니다. 얼마 전에 있었던 노우드 사건에 대한 내 견해를 아시죠?"

"네. 전에 들은 바 있죠."

"바로 그것 때문입니다. 실은 그 견해를 수정하지 않을 수 없게 되었습니다. 새디어스 숄토 주위에 빈틈없이 그물을 쳤는데, 그물 한가운데에 커다란 구멍이 뚫려서 그만, 그곳으로 빠져나가고 말았습니다. 누구도 의심할 수 없는 알리바이가 있거든요. 그 사람이 형의 방에서 나온 이후의 행동이 완전히 증명되었습니다. 그러니 그 사람이 지붕으로 올라가 들창을 통해 숨어들었을 리가 없습니다. 아무리 생각해봐도 내 힘으로는 풀 수 없는 너무 기묘한 사건이라, 해결 못 하면 그동안 쌓아왔던 나의 직업적 신용이 단번에 무너질지도 모릅니다. 셜록 홈즈 씨에게 조금이라도 도움을 받을 수 있다면 정말 고맙겠는데….”

“누구나 도움이 필요할 때가 있는 법입니다.”

“그나저나 셜록 홈즈 씨는 정말 뛰어난 사람입니다.”

그는 쉰 목소리로 무슨 비밀이라도 밝히듯이 이어 말했다.

“절대로 물러서는 법이 없는 사람입니다. 아직 젊은데도 지금까지 참으로 많은 사건에 관여해왔지요. 나는 그를 잘 알고 있는데, 단 한 건도 그 사람의 손으로 풀지 못한 사건이 없었습니다. 수사 방법이 조금 특이하고 성급하게 이론에 매달리려는 경향이 다소 있지만, 장담컨대 유능한 경찰이 될 자질을 갖추고 있습니다. 오늘 아침에 홈즈 씨로부터 전보를 받았는데, 아무래도 사건 해결에 필요한 결정적인 단서를 잡은 듯합니다.

보세요, 바로 이겁니다."

그가 주머니에서 전보를 꺼내 내게 건네주었다. 12시에 포플러 우체국에서 보낸 것이었다.

바로 베이커가로 갈 것. 내가 없으면 귀가할 때까지 기다릴 것. 숄토 사건 범인 일당의 뒤를 쫓고 있음. 마지막 장면을 보고 싶다면 오늘 밤 동행할 것.

"아무래도 일이 잘 풀린 것 같군요. 다시 실마리를 잡은 것 같아요."

내가 말하자 존스 형사는 아주 만족스럽다는 듯이 소리를 질렀다.

"그럼 홈즈 씨도 역시 실수를 범했단 말인가요? 하긴 베테랑 중의 베테랑도 간혹 실수하니까요. 어쩌면 이 전보도 잘못된 것인지 모르고요. 하지만 기회를 놓치지 않는 것이 경찰관인 나의 임무입니다. 아, 누가 온 것 같군요. 아무래도 홈즈 씨 같은데요."

계단을 오르는 육중한 발소리와 함께 숨이 찬 듯 헐떡이는 소리가 들렸다. 계단을 오르기가 무척 힘들었던지 중간에 한두 번 발소리가 멈췄다가 간신히 문 앞에 이르렀고, 곧 인영이 방 안으로 들어왔다. 그는 백발의 노인이었다.

뱃사람 복장을 한 노인은 낡고 두꺼운 잠바의 단추를 목 밑까지 채워서 입고 있었다. 등은 굽어 있었고, 다리를 떨고 있었으며, 짧은 참나무 지팡이에 몸을 의지하고 있었다. 천식이 있는지 거친 숨을 괴롭게 내뱉었는데, 깊이 숨을 들이쉴 때마다 양쪽 어깨가 크게 흔들렸다. 목에 감은 짙은 스카프에 얼굴을 묻고 있어서, 길고 흰 눈썹과 희끗희끗하고 긴 구레나룻, 날카로운 빛을 띤 검은 눈만 보였다. 지금은 늙고 궁핍해 보였지만 예전에는 뛰어난 선장이었을 듯한 인상이었다.

"무슨 일로 오셨죠?"

내가 묻자 노인은 느릿한 눈길로 방 안을 둘러보았다.

"당신이 셜록 홈즈 씨요?"

"아닙니다. 하지만 제가 대신 일을 보고 있으니 말씀하셔도 됩니다. 혹시 모드케이 스미스의 배에 관한 이야기입니까?"

노인이 의기양양하게 말했다.

"맞소. 나는 그 배가 어디 있는지 잘 알고 있소. 홈즈 씨가 찾는 사람들이 어디에 있는지도 알고 있지. 그뿐인가, 보물이 어디 있는지도 알고 있소. 난 다 알고 있어."

"그러면 제게 말씀해주십시오. 셜록 홈즈에게 전하겠

습니다."

내가 재차 권유했지만 그는 미간을 찌푸리며 고집스럽게 말했다.

"그 사람에게 직접 말해야 하오."

"알겠습니다. 그럼 돌아올 때까지 기다리시지요."

"그건 싫소. 남 좋은 일 하자고 하루를 그냥 낭비하긴 싫으니까 말이오. 내 그냥 갈 테니 셜록 홈즈 씨에게는 혼자 알아내라고 전하시오!"

"아, 하지만…."

말리려던 내 말을 끊고 노인이 외쳤다.

"당신들이 어떻게 생각하든 나는 상관없어! 홈즈 씨가 아니면 한마디도 안 할 거요!"

노인은 다리를 질질 끌며 문 쪽으로 걸어갔다. 그때 존스 형사가 재빨리 노인의 앞을 가로막으며 말했다.

"어르신, 잠깐 기다리십시오. 중요한 정보를 가지고 오신 거 맞죠? 그러니 더더욱 그냥 보내드릴 수 없어요. 싫더라도 할 수 없으니, 홈즈 씨가 돌아올 때까지 기다려주세요."

노인이 문 밖으로 뛰어나가려 했지만 존스 형사가 커다란 등을 문에 대고 길을 막았다. 저항해봐야 소용없다는 사실을 깨달은 노인은 지팡이로 바닥을 두드리며 소리쳤다.

"이 무슨 무례한 짓인가? 나는 신사적인 사람을 만날 생각으로 왔는데, 어디서 듣도 보도 못한 것 둘이서 나를 붙잡아놓고 이런 무례를 범해?"

나는 화를 내는 노인에게 부드러운 어조로 말했다.

"손해 보시는 일은 없을 겁니다. 시간을 허비하신 만큼 나중에 꼭 보상을 해드릴 거고요. 자, 저쪽 소파에 앉으세요. 곧 셜록 홈즈가 올 테니까요."

노인은 아주 불쾌하다는 표정으로 방 안을 가로질러 소파에 앉아 턱을 괴었다. 존스와 나는 다시 담배에 불을 붙이고 계속 이야기를 나눴다. 그런데 바로 그때 홈즈의 목소리가 불쑥 들려왔다.

"내게도 담배 하나 주면 고맙겠는데."

우리 두 사람은 깜짝 놀라 의자에서 벌떡 일어났다. 바로 옆에 홈즈가 아주 즐겁다는 표정으로 앉아 있는 것이 아닌가. 존스 형사가 소리쳤다.

"그런데 아까 그 노인은 어디로 간 거지?"

그러고 보니 홈즈는 방금 전까지 노인이 앉아 있던 자리에 앉아 있었다.

"노인은 여기 있다네. 가발, 수염, 눈썹 등 모든 게 여기 있다네. 이게 바로 노인의 정체일세. 변장에는 조금 자신이 있었지만, 그래도 자네까지 속을 줄 몰랐네."

홈즈가 백발 다발을 앞으로 내밀며 내게 말했다.

"악취미를 가졌군요!"

존스 형사가 아주 즐겁다는 듯이 외치더니 이어 말했다.

"당신은 배우를 해도 좋을 것 같습니다. 좀처럼 보기 드문 훌륭한 배우가 될 거요. 기침하는 모습은 양로원에 있는 노인과 똑같았고, 비틀거리는 걸음은 일주일에 10파운드는 받을 연기였습니다. 하지만 나는 눈빛이 왠지 낯익다 싶었죠. 그러고 보니 우리를 감쪽같이 속인 건 아니로군요."

홈즈가 담배에 불을 붙이며 말했다.

"오늘 하루 종일 이런 차림으로 다녔습니다. 요즘 내 얼굴을 알아보는 범죄자가 늘어나서요. 특히 왓슨이 내가 다룬 사건들을 책으로 내기 시작하면서 심해졌지요. 그래서 이런 식으로 간단하게 변장하지 않으면 수사를 할 수 없게 됐죠. 전보는 받아봤나요?"

"네. 그래서 이렇게 찾아온 것 아니겠습니까?"

"수사는 어떻습니까? 진척은 있었나요?"

"전혀 없습니다. 용의자를 두 사람이나 석방했습니다. 그리고 나머지 두 사람에 대한 증거도 없는 실정입니다."

존스 형사의 말에 홈즈가 차분히 말했다.

"걱정할 것 없습니다. 그들 대신에 다른 두 사람을 잡아줄 테니까요. 단, 그러려면 내 명령에 따라야 합니다. 공식적으로는 당신이 잡은 거라고 해도 상관없지만, 무슨 일이 있어도 내가 말한 대로 움직여야만 합니다."

"좋고말고요. 범인을 가르쳐만 준다면야."

"좋습니다. 그럼 우선 고속 경비정 한 척을 7시까지 웨스트민스터 선착장에 대기시켜주세요. 증기선으로요."

"그거라면 지금 당장이라도 준비할 수 있습니다. 그 부근에 한 척 정도는 언제나 대기하고 있으니까요. 하지만 만약을 위해서 전화를 걸어놓겠습니다."

"그리고 놈들이 저항할지도 모르니, 힘 좋은 사람을 둘만 보내주세요."

"배에는 그런 사람들이 두엇 타고 있을 겁니다. 그 외에 다른 요구사항은 없습니까?"

"놈들을 잡으면 보물을 손에 넣을 수 있습니다. 그렇게 되면 보물의 절반을 받을 권리가 있는 젊은 숙녀의 집으로 보물 상자를 가져다주고 그녀에게 상자를 열 수 있도록 해주세요. 그러면 제 친구도 아주 기뻐할 겁니다. 안 그런가, 왓슨?"

내게 묻는 홈즈에게 선선한 목소리로 답했다.

"그럴 수만 있다면 더할 나위 없이 기쁠 걸세."

"조금 변칙적인 방법이군요. 하지만 사건 자체가 워낙 변칙적이니, 그 정도는 눈감아드리겠습니다. 단, 보물은 그 뒤 바로 공식적인 조치를 마칠 때까지 경찰에 맡기셔야 합니다."

존스 형사가 머리를 흔들며 말하자 홈즈가 고개를 끄덕이며 대답했다.

"물론이죠. 그 정도야 아주 간단한 일이니까요. 그런데 한 가지 더 부탁이 있습니다. 이 사건에 대해서 조나단 스몰에게 직접 듣고 싶은 것이 두어 가지 있어요. 장소는 이 방이든 어디든 상관없으니, 스몰과 개인적으로 면담하게 해주세요. 간수라도 붙여서 경계한다면 크게 문제될 건 없겠죠?"

"좋습니다. 지금은 뭐든 당신이 중심입니다. 나는 조나단 스몰이라는 인물이 실제로 존재하는지도 모르는 형편이니까요. 당신 손으로 그 사내를 잡을 수만 있다면 면담을 굳이 막을 이유도 없죠."

"그럼 허락하시는 거죠?"

"그렇습니다. 그 외에 다른 요구사항이 또 있나요?"

"마지막으로 여기서 함께 식사를 해달라는 정도입니

다. 30분 정도면 식사를 준비할 수 있어요. 굴, 야생꿩 한 쌍, 괜찮은 백포도주가 나올 예정입니다. 왓슨, 오늘 내 요리 솜씨를 제대로 경험해보겠나?"

숨 막히는 추격전

아주 즐거운 저녁 식사였다. 홈즈는 마음이 내킬 때면 상당히 말을 많이 하는 편이었는데, 오늘 밤이 바로 그런 때였다. 아무래도 조금 흥분 상태였던 듯하다. 나는 홈즈가 그처럼 재치 있는 말솜씨로 오래 말하는 모습을 본 적이 없었다. 종교극, 중세 도자기, 스트라디바리우스의 바이올린, 실론의 불교, 미래 군함 등 다양한 화제를 차례로 끌어내며, 마치 전문적인 연구가처럼 자세히 이야기했다. 그가 이렇게 기분이 좋은 것은, 어제까지 이어졌던 우울한 기분에 대한 반동일 것이다.

존스 형사도 편안한 장소에서는 대인 관계가 좋은 사람인지, 미식가처럼 식사를 즐기며 대화에 어울렸다. 나도 사건이 곧 해결될 것 같다는 생각에 마음이 들떠 홈즈처럼 기분이 좋아졌다. 식사 도중에 우리 세 사람은 이런 자리를 갖게 된 원인을 제공한 사건에 대해서는 단 한마디도 하지 않았다.

식사를 마친 뒤, 홈즈가 언뜻 시계를 보더니, 세 개의 잔에 포트와인을 따랐다.

"우리의 성공적인 모험을 위해 건배합시다. 자, 이제 슬슬 나가봐야 할 시간일세. 왓슨, 권총은 가지고 있나?"

"책상 서랍에 전에 쓰던 군용 리볼버가 있네."

"그럼 그걸 가지고 가게. 유비무환이니까. 마차가 왔나 보군. 6시 반까지 와달라고 했거든."

우리는 7시가 조금 넘어 웨스트민스터 선착장에 도착했다. 그곳에는 증기선 한 척이 우리를 기다리고 있었다. 홈즈가 배 여기저기를 살펴봤다.

"경비정이라는 표시가 있나요?"

"있습니다. 배 측면에 달린 저 녹색등이 바로 그것입니다."

"그럼 그건 떼어주세요."

그 일이 끝나자 우리는 배에 올라타 밧줄을 풀었다. 존스 형사와 홈즈 그리고 나는 배의 뒤편에 앉았다. 조타수가 한 명, 기관사가 한 명, 뱃머리에 건장한 경관 두 명이 있었다.

"어디로 갈 겁니까?"

존스 형사의 질문에 홈즈가 답했다.

"런던 타워요. 제이콥슨 조선소 맞은편에 정박해달라고 해주십시오."

우리가 탄 배는 속도가 매우 빨랐다. 짐을 실은 나룻배들의 긴 행렬 사이를, 마치 나룻배들이 멈춰 있는 것이 아닐까 하는 착각이 들 정도로 빠르게 추월해나갔다. 앞서가던 증기선 뒤에 따라붙나 싶더니 곧 그것마저도 따돌려버리자, 홈즈는 만족스럽다는 듯 빙그레 미소를 지었다.

"이 강 위에 떠 있는 그 어떤 배라도 따라잡을 수 있어야 할 텐데."

홈즈의 말에 존스 형사가 답했다.

"아, 그건 좀 무리일 겁니다. 하지만 웬만한 배들은 다 따라잡을 수 있습니다."

"지금부터 오로라호를 따라잡아야 합니다. 그 배는 속도가 매우 빠르다고 알려져 있습니다."

존스 형사를 보며 힘주어 말한 홈즈는 나를 향해 물었다.

"왓슨? 오늘 어떤 일이 있었는지 이야기해줄까? 사소한 이유로 발이 묶여서 내가 답답해하던 것 기억하지?"

"그럼."

"답답했던 나는 화학 실험을 하며 머리를 깨끗하게 비워버렸네. 어떤 위대한 정치가가 '최고의 휴식은 다른 일을 하는 것이다.'라는 말을 했지. 그 말은 정말 사실이야. 탄화수소 용해에 성공하니 다시 숄토 형제의 사건으로 돌아갈 수 있었어. 나는 사건을 처음부터 끝까지 다시 생각해보았다네."

"고약한 냄새를 맡은 보람이 있었군."

"위긴스와 소년들을 시켜서 강가를 샅샅이 뒤졌지만 아무런 성과를 얻지 못했어. 어느 선착장에서도 오로라 호의 모습을 찾을 수 없었으니까. 게다가 그 배는 집으로 돌아오지도 않았네. 그렇다고 놈들이 증거를 없애기 위해 배를 침몰시켰다고 보기도 어렵지. 물론 그럴 가능성을 완전히 배제할 수는 없었지만 말이야."

"물론이지."

"아무튼 나는 조나단 스몰이라는 자가 잔꾀에 능한 사람이라는 걸 알고 있네. 하지만 섬세하고 치밀한 계획을 세울 능력이 없다는 것도 파악하고 있었어. 고등 교육을 받은 적이 없는 사람에게 그런 건 무리였을 테니까. 나는 그자가 얼마 전부터 런던에 머물렀을 것이라고 생각했네."

"무슨 근거로?"

"그자는 폰티체리 저택을 계속 감시하고 있었네. 그런 상황에서는 런던을 떠나기가 쉽지 않지. 단 하루라도 은신처를 정리할 시간이 필요했을 거야. 어쨌든 나는 그쪽으로 심증을 굳혔네."

"하지만 내 생각은 좀 다르네. 어쩌면 조나단 스몰은 폰티체리 저택에 침입하기 전에 미리 은신처 정리를 끝냈을 수도 있지 않을까?"

내가 이렇게 말하자 홈즈는 단호하게 고개를 가로저었다.

"아니, 절대 그렇지 않네. 만약 위급한 일이 생겼을 때는 은신처에 바로 몸을 숨겨야 하네. 더는 은신처가 필요하지 않다는 확신이 생기기도 전에 그곳을 버렸을 리는 없어."

듣고 보니 홈즈의 말도 일리가 있었다.

"또 이런 생각도 했다네. 조나단 스몰은 공범의 인상착의가 특이하기 때문에 아무리 옷으로 가린다고 해도 남의 눈에 띄기 쉽다는 것, 그 때문에 노우드 사건과 결부될 수도 있다는 것을 잘 알았을 거네. 놈은 그 정도의 머리는 돌아가는 녀석이야."

"그렇겠군."

"범인들은 날이 어두워지자 은신처를 향해 출발했어.

그들은 날이 밝기 전에 그곳에 도착하기를 바랐겠지. 스미스 부인의 증언에 따르면 그들이 증기선을 탄 것은 새벽 3시 무렵이었네. 한 시간 정도만 지나면 달이 밝아 사람들이 돌아다닐 시간이야. 그렇다면 그들은 그다지 멀리 가지는 못했을 것이라는 생각이 들었지."

나는 홈즈의 명쾌한 추리를 들으며 나도 모르게 무릎을 탁 쳤다. 홈즈의 추리는 계속 이어졌다.

"그들은 스미스의 입을 막기 위해 충분한 돈을 지불하고 마지막 도주를 위한 증기선을 대기해놓았다가 보물 상자를 은신처로 옮겼을 걸세. 두어 밤 가게에 숨어서 신문에 난 기사를 보며 자신들이 과연 의심을 받고 있는지를 확인한 뒤, 한밤중에 그레이브젠드나 다운스에 가서 배를 탈 계획이었을 거야."

"어디로 가려고 했을까?"

"당연히 미국이나 다른 식민지로 가려고 했겠지."

"하지만 오로라호는 어쩌고? 배를 끌고 은신처로 갈 수는 없지 않은가?"

"당연하지. 눈에 띄진 않지만 그다지 멀지 않은 곳에 증기선을 정박해놓았을 거로 생각했지. 그래서 스몰의 시각에서, 즉 그 정도의 두뇌를 가진 사람이라면 어떻게 했을지를 생각해봤지. 그자라면 '배를 돌려보내거나 선착장에 세워두었다가는 어떤 우연한 계기로 경찰이 냄새를 맡았을 때 추적의 손길이 훨씬 더 빨리 미칠지도 몰라.'라고 생각할 거야. 그렇다면 어떻게 해야 배를 숨겨 두었다가 필요할 때 가져다 쓸 수 있을까? 내가 스몰이라면 어떻게 할지를 생각해봤지. 방법은 오직 하나밖에 떠오르지 않더군. 조선소나 선박 수리소에 맡겨 배의 모습을 조금 바꾸는 것이네. 그렇게 하면 누구의 눈에도 띄지 않을 수 있고, 두어 시간 전에만 연락하면 틀림없이 배편을 손에 넣을 수 있을 테니까."

"아주 간단한 일이군."

"간단한 일일수록 더 놓치기 쉬운 법이지. 어쨌든 나는 이 생각을 바탕으로 움직여야겠다고 생각했다네."

"그래서 자네가 선원 복장으로 변장했던 거로군."

"맞네. 나는 선원 복장을 하고 강변에 있는 조선소들을 모조리 뒤지고 다녔네. 열다섯 군데를 돌아다녔지만 모두 허탕을 쳤어. 그런데 열여섯 번째인 제이콥슨 조선소에서 원하던 이야기를 들을 수 있었네. 이틀 전에 의족을 한 사내가 찾아와 오로라호의 키를 좀 봐달라고 배를 맡겨놓고 갔다고 하더군."

"정말 키에 이상이 있다던가?"

"물론 아니지. 조선소 감독이 '키는 아주 멀쩡하더라

고! 저기 밝은 줄이 들어간 배가 그 배요.'라고 하더군. 바로 그때 누가 나타났는지 아는가? 다름 아닌 행방불명됐던 선주 무드케이 스미스였다네! 술에 완전히 취해서 제정신이 아니더군."

"그가 스미스인 줄은 어떻게 알았나?"

"물론 나는 그를 본 적이 없었기 때문에 그 사람이 스미스인 줄은 꿈에도 몰랐지. 하지만 그 사람이 커다란 목소리로 자신의 이름과 배의 이름을 외쳐댔다네. '오늘 밤 8시에 배를 가지러 오겠소. 정확히 8시요. 기다리게 해서는 안 될 손님이 두 명 있으니!'라고 떠들어댔네."

"제 입으로 정보를 흘려준 셈이로군."

"스미스는 인부들에게 은화를 뿌렸어. 두둑하게 수고비를 받았는지 돈이 아주 많더군. 잠시 그의 뒤를 미행했는데, 술집으로 들어가더군. 그래서 나는 조선소로 다시 돌아가다가, 도중에 만난 소년에게 배를 감시하라고 시켰네. 그 소년이 물가에 서 있다가, 배가 출발하면 손수건을 흔들어 우리에게 신호해주기로 되어 있네. 신호가 있을 때까지 우리는 근처 물 위에 대기하고 있기만 하면 되네."

"훌륭한 계획이로군."

"일이 이렇게 됐는데도 그들을 놓치고, 보물도 되찾지 못한다면 그건 말도 안 되는 일이지."

그때 잠자코 듣고만 있던 존스 형사가 대화에 끼어들었다.

"그렇군요. 정말 멋진 계획입니다. 그게 진범인지 아닌지는 별개의 문제지만요. 하지만 나라면 제이콥슨 조선소 일대에 경찰들을 매복해두었다가 범인들이 나타나면 그때 체포할 겁니다."

"그건 힘들 겁니다. 조나단 스몰은 상당히 용의주도한 사람이거든요. 그는 먼저 사람을 보내 상황을 파악한 다음 조금이라도 미심쩍은 부분이 있으면 앞으로 일주일 정도는 은신할 겁니다."

"그렇다면 모드케이 스미스를 닦달해서 녀석들의 은신처를 알아낼 수도 있지 않을까?"

내가 묻자 이번에도 홈즈는 냉정하게 대답했다.

"그것 역시 시간만 허비하는 일이네. 내 생각에 스미스가 그들의 은신처를 알고 있을 확률은 거의 없어. 스미스는 술과 충분한 돈만 받으면 그걸로 그만일세. 그들이 무엇인가를 요구하면 그대로 해주기만 하면 되는 거지. 나 역시 이 방법 외의 다른 방법을 남김없이 검토해봤지만, 결국은 이 방법이 가장 좋더군."

이야기를 나누는 동안, 배는 템스강을 가로지른 수많은 다리 밑을 빠져나갔다. 런던의 중심부를 지날 무렵, 세인트 폴 성당 꼭대기의 십자가가 석양빛을 받아 황금빛으로 물들었다. 런던 타워에 도착했을 때는 땅거미가 지고 있었다.

"저게 바로 제이콥슨 조선소라네."

서리주 쪽 강가의 삐죽삐죽 솟아 있는 여러 개의 돛대와 돛을 가리키며 홈즈가 이어 말했다.

"저 나룻배들 틈에 숨은 뒤 천천히 강을 오르내리면서 기다리면 될 겁니다."

그는 주머니에서 야간용 쌍안경을 꺼내 한동안 강가 쪽을 살펴보았다.

"저기 내가 세워둔 소년이 보이는군요. 하지만 아직 손수건은 흔들지 않고 있습니다."

존스 형사가 진지한 표정으로 물었다.

"좀 더 하류 쪽으로 가서 숨어 있으면 어떨까요?"

그때 우리는 모두 진지한 표정을 짓고 있었다. 앞으로 무슨 일이 일어날지, 일의 사정을 잘 모르는 경관과 화부들마저도 그랬다.

"무슨 일이든 처음부터 이렇게 될 거라고 단정해버리는 건 옳지 않아요. 놈들이 강을 따라 내려갈 가능성은 99퍼센트이지만, 그렇다고 해서 틀림없다고 장담할 수는 없어요. 여기에 있으면 조선소의 입구를 볼 수 있으면서도 들킬 염려는 없지요. 게다가 오늘 저녁은 맑아서 앞이 잘 보일 테고요. 그냥 여기에 있어야 합니다. 저기 좀 봐요. 저쪽 가스등 불빛 속에서 사람들이 줄줄이 걸어가는 게 보이지 않습니까?"

홈즈의 말에 존스 형사가 답했다.

"조선소 일을 마치고 돌아가는 사람들이군요."

"사람들의 차림새는 지저분하지만, 저마다 가슴속에 영원히 빛을 발하는 무엇인가를 가지고 있죠. 겉모습만 봐서는 그렇게 보이지 않을 겁니다. 하지만 그럴 것 같지 않다고 무조건 단언할 수도 없지요. 정말 인간이란 신비하기 짝이 없는 수수께끼니까요."

"누군지는 모르겠지만, 인간이란 동물 속에 깃든 영혼이라고 말한 사람도 있었지."

내가 말하자 홈즈가 웃으며 답했다.

"윈우드 리드가 그런 점에 관해 멋진 말을 했다네. '인간 한 사람 한 사람은 종잡을 수 없는 수수께끼지만, 집단은 수학 문제를 풀 때처럼 확실하게 답을 내릴 수 있는 존재다.'라고 말이야. 예를 들어서 어떤 사람이 어떤 행동을 할지는 예측할 수 없지만, 평균적인 숫자의 사람이 어떻게 행동할지는 정확하게 예상할 수 있다는 거야. 즉 개개인은 다양하지만 평균치는 언제나 일정하다는 게 이 통계학자의 주장이라네. 그건 그렇고, 저건 손수건이 아닌가? 보게, 저쪽에서 틀림없이 하얀 손수건을 흔들고 있지 않은가?"

"틀림없네. 자네가 세워둔 염탐꾼 소년일세. 내 눈에도 똑똑히 보여."

나도 모르게 큰 소리로 외치자 홈즈가 말했다.

"저기를 보게. 오로라호가 있어. 무서운 속도로 달리고 있군. 기관사, 전속력으로 달리십시오. 저 노란 등불을 매단 증기선을 따라가야 합니다. 무슨 일이 있어도 쫓아가서 잡아야 해요!"

오로라호는 조선소 입구에서 빠져나와 두어 척의 소형선 그늘로 지나갔기 때문에, 우리가 그 모습을 발견했을 때는 이미 상당히 빠른 속도로 달리고 있었고, 눈 깜짝할 새에 기슭을 따라 날아갈 듯 하류를 향하고 있었다. 존스 형사가 심각한 표정으로 배를 바라보며 머리를 흔들었다.

"굉장한 속도로군요. 따라잡을 수 있을까요?"

홈즈가 이를 악물며 말했다.

"반드시 따라잡아야 합니다. 화부! 석탄을 가득 넣어

요! 전속력으로 달려요! 이 배에 불이 붙는 한이 있어도 저놈들을 잡아야 합니다."

이미 거리가 꽤 많이 벌어져 있었다. 기관실의 기관사는 화부에게 으르렁거렸고, 배의 강력한 엔진은 거대한 무쇠 심장처럼 요란한 소리를 냈으며, 뾰족한 뱃머리는 조용한 수면을 가르며 좌우 양쪽으로 커다란 물결을 일으켰다. 엔진이 한 번 울릴 때마다 배 전체가 마치 생명체처럼 튀어 오르기도 하고 떨리기도 했다. 뱃머리에 달아놓은 하나뿐인 조용한 등이 크게 흔들리며 깔때기 모양의 불빛을 앞쪽으로 던지고 있었다.

잠시 후 우리의 눈앞으로 시커먼 그림자가 펼쳐졌다. 바로 오로라호의 그림자였다. 배 뒤쪽에 생기는 새하얀 포말만 보더라도 그것이 얼마나 빠른 속도로 달리는지 알 수 있었다. 목표물을 바로 앞에 둔 우리 증기선은 나룻배와 다음 증기선, 상선 사이를 이리저리 헤치며 빠른 속도로 달렸다. 어둠 속에서 사람들이 고함치는 소리가 들려왔지만 오로라호는 아랑곳하지 않고 쏜살같이 달려갔다. 우리 증기선 또한 혹시라도 놓칠세라 그 뒤를 바짝 좇았다.

"석탄을 넣으세요! 가득 채워 넣으라고요!"

홈즈가 기관실을 들여다보며 외쳤다. 아래쪽에서 미

친 듯이 타오르는 불이 심각한 빛을 띤 홈즈의 독수리 같은 얼굴을 비추고 있었다.

"증기를 최대한 뽑아내시오."

"아까보다 많이 가까워진 것 같군요."

존스 형사가 오로라호를 바라보며 던진 말에 내가 답했다.

"그렇군요. 이제 몇 분 안에 따라잡을 수 있겠네요."

그런데 바로 그 순간이었다. 세 척의 나룻배를 끌고 가던 예인선이 우리 배 앞으로 슬쩍 끼어들었다. 조타수가 침착하게 키를 힘껏 잡아당긴 덕에 간신히 충돌은 면할 수 있었다. 그러나 배가 예인선을 돌아 나와 다시 속도를 냈을 때 오로라호는 이미 200미터 이상이나 앞서 달리고 있었다. 하지만 아직 시야에서 완전히 벗어난 것은 아니었다.

어느덧 흐릿한 황혼은 사라지고 맑게 갠 밤하늘 위로 별들이 반짝이고 있었다. 엔진은 최대한 가동되고 있었고, 무섭게 치솟은 속도 때문에 빈약한 선체는 좌우로 요동쳤다. 우리는 웨스트 인디아 부두를 지나 긴 뎁포드 곶을 따라 내려갔다. 그리고 독스 섬을 돌아서 다시 북쪽으로 올라갔다.

이제 눈앞에 보이는 시커먼 그림자는 다시 오로라호

의 그것으로 바뀌어져 있었다. 그뿐만 아니라 우리는 아주 가까이에서 오로라호의 날씬한 선체를 볼 수 있었다. 존스 형사가 탐조등을 비추자 배에 탄 사람들의 모습까지 선명하게 보였다. 고물 옆에 앉은 한 남자는 무릎 사이에 까만 물체를 놓은 채 쭈그리고 앉아 있었다. 그 옆에는 시커먼 덩어리가 웅크리고 있었는데 자세히 보니 뉴펀들랜드 종의 개인 듯했다. 스미스의 아들이 키를 잡고 있었고, 웃통을 벗은 스미스는 시뻘겋게 달아오른 기관 앞에서 석탄을 퍼 넣고 있었다. 처음에는 그들도 우리가 정말로 쫓고 있는 건지 잘 몰랐을 테지만, 그들이 뱃머리를 돌리고 방향을 바꿀 때마다 우리도 방향을 바꿨기 때문에, 결국에는 우리가 쫓고 있다는 사실을 알게 된 모양이었다.

그리니치 부근에 왔을 때 두 배의 간격은 300걸음 정도로 가까워졌고, 블랙월에서는 250걸음 정도로 가까워졌다. 그동안 나는 변화무쌍한 삶을 살아오면서 여러 나라에서 다양한 동물을 사냥해보았지만, 이 템스강에서의 광기 어린 인간 사냥만큼 손에 땀을 쥐게 하는 통쾌한 적은 없었다.

우리는 1미터씩 착실하게 따라붙었다. 밤의 고요함 속으로 상대편 배의 신음하는 듯한 엔진 소리까지 들려왔다. 배의 후미에 앉아 있는 사내는 아직도 변함없이 갑판 위에 웅크린 채 두 손을 바삐 움직이고 있었다. 그리고 때때로 고개를 들어 우리와의 거리를 가늠해보고는 했다. 시간이 갈수록 거리는 점점 더 좁혀졌다.

"정지하라!"

존스 형사가 오로라호를 향해 큰 소리로 외쳤다. 질풍처럼 달리는 두 배는 배 네 척 정도의 간격으로 바싹 좁혀진 상태였다. 이제 강기슭이 선명하게 보였다. 한쪽은 바킹 평지이고, 다른 한쪽은 플럼스테드 습지대의 강줄기였다. 존슨 형사가 소리를 지르자 고물에 앉아 있던 사내가 벌떡 일어났다. 그는 불끈 움켜쥔 두 주먹을 흔들며 굵은 목소리로 욕설을 퍼부었다.

"웃기지 마라! 이놈들! 저리 비켜라!"

두 다리를 벌리고 선 사내는 체격이 좋고 힘이 세 보였다. 그런데 자세히 보니 오른쪽 허벅지 아래쪽부터는 나무로 만든 의족에 의지하고 있었다. 그가 바로 우리가 쫓던 의족을 한 사나이였다. 조나단 스몰이 큰 소리로 욕을 퍼붓자 갑판 위에 웅크리고 있던 검은 덩어리가 조금씩 꿈틀거리기 시작했다. 몸을 쭉 펴고 보니 그것은 조그맣고 검은 사람이었다. 기형적으로 큰 머리에 잔뜩 헝클어진 고수머리를 하고 있는 그는 이제껏 본

중에서 가장 작은 사람이었다.

홈즈는 곧바로 리볼버를 꺼내들었다. 나 역시 기괴한 원주민의 모습을 보자마자 권총을 움켜쥐었다. 원주민은 검은 외투인지 담요인지 정확히 알 수 없는 것으로 몸을 감싼 채 얼굴만 비쭉 내밀고 있었다. 하지만 그 얼굴만으로도 상대방을 공포에 떨게 만들기에 충분했다. 살면서 내가 보아온 사람들 중에 잔인성과 야수성이 가장 깊이 새겨진 얼굴이었다. 원주민의 두 눈은 음침함 빛으로 번득였고, 두툼한 입술 사이로는 하얀 이가 슬쩍 드러났다. 그는 짐승 같은 난폭함을 드러내며 우리를 향해 적의를 내뿜었다.

홈즈가 목소리를 낮추며 말했다.

"저 녀석이 손을 들거든 바로 총을 쏘게."

이제 두 배의 간격은 배 한 척 정도로 좁혀졌다. 우리의 사냥감은 손에 잡힐 듯 가까운 곳에 서 있었다. 게다가 밤이지만 날씨가 맑았기 때문에 그들의 모습은 선명하게 보였다. 백인은 다리를 벌린 채로 거친 욕설을 퍼붓고 있었고, 보기에도 끔찍한 용모를 한 원주민은 탐조등 불빛 아래에서 억세고 누런 이를 부드득 갈고 있었다.

우리가 그 조그만 사내의 모습을 확실하게 볼 수 있

었던 것은 다행스러운 일이었다. 우리 앞에 있던 조그만 사내는 걸치고 있던 것 속에서 자처럼 생긴 짧은 나무토막을 꺼내들더니 입에다 댔다.

"지금이야!"

홈즈가 다급히 소리쳤다. 우리 두 사람의 권총이 동시에 불을 내뿜었다. 원주민은 숨이 막히는 듯 캑캑거리더니 두 팔을 허공에 내저으며 물속으로 풍덩 빠져버렸다. 우리는 하얗게 소용돌이치는 물결 속에서 잔인하게 번득이는 두 눈을 보았다.

그와 동시에 의족을 한 사내가 키 쪽으로 달려갔다. 그가 그것을 힘껏 잡아당기자 남쪽 기슭으로 방향이 바뀐 배가 똑바로 달려나가기 시작했다. 그 때문에 우리가 탄 배는 상대편 배의 뒷부분에서 겨우 60~90센티미터 떨어진 곳을 아슬아슬하게 지나갔다.

우리도 급히 뱃머리를 돌려 계속 추격했지만, 상대편 배는 이미 기슭 가까이까지 접근해 있었다. 그곳은 매우 거칠고 을씨년스러운 기분이 드는 곳으로, 고여 있는 물과 썩어 가는 식물로 뒤덮인 늪지대 위에 달빛이 비치고 있었다. 상대편 배는 둔탁한 소리와 함께 진흙으로 된 제방에 머리를 처박았고, 뱃머리를 공중으로 향한 채 배의 뒷부분을 수면 위로 드러냈다.

의족을 한 사나이가 도망치려고 바로 배에서 뛰어내렸다. 하지만 그 순간 의족이 진흙 속에 깊숙이 박혀버리고 말았다. 제아무리 몸부림을 쳐봐야 단 한 발짝도 움직일 수 없었다. 그는 분노를 참지 못하고 큰소리로 울부짖으며 다른 쪽 발로 미친 듯이 진흙을 걷어찼는데, 몸부림을 칠수록 의족은 진흙 속으로 더욱 깊이 빠져들 뿐이었다. 우리가 그 옆에 배를 댔을 때 사내는 더 이상 몸을 움직일 수도 없는 상태였다. 그래서 우리는 그의 겨드랑이에 줄을 건 뒤, 마치 커다란 물고기를 건져내듯 사내를 우리 배 쪽으로 힘껏 잡아당겼다.

스미스 부자는 불만에 가득 찬 얼굴로 증기선 안에 앉아 있었는데, 존스 형사가 명령하자 순순히 배로 건너왔다. 기슭을 타고 올라간 오로라호를 끌어내려 우리 배 뒤에 묶었다. 오로라호의 갑판 위에 인도인이 만든 견고한 무쇠 상자가 놓여 있었다. 그것은 틀림없이 숄토가의 보물이 들어 있는 상자일 것이다. 열쇠를 찾을 수 없었기에 조심조심 그 상자를 들어 우리 배의 조그만 선실로 옮겼다.

우리는 뱃머리를 상류로 돌려 천천히 되돌아가면서 탐조등으로 사방을 꼼꼼히 비쳐보았다. 하지만 안다만 제도에서 온 작은 남자의 시체를 끝내 발견할 수 없었다. 템스강의 어두운 바닥 어딘가에는 아직도, 영국을 찾았던 그 괴상한 사내의 뼈가 잠들어 있을 것이다.

“이걸 좀 보게.”

나무로 만든 선실 출입구를 가리키며 홈즈가 이어 말했다.

“조금만 총을 늦게 쏘았다면 큰일 날 뻔했네.”

놀랍게도 우리가 서 있던 바로 뒤쪽에, 낯익은 독침 하나가 박혀 있었다. 우리가 권총을 쏜 바로 그 순간 우리 사이로 날아와 박힌 것이 분명했다. 그것을 본 홈즈는 빙그레 웃으며 어깨를 으쓱했다. 자기는 아무렇지도 않다는 신호였다. 하지만 솔직히 말해서 나는 끔찍한 죽음이 한 뼘 차이도 안 나게 지나갔다는 생각에 등골이 오싹했다.

아그라의 보물

우리가 잡은 포로는 선실에 앉아 있었다. 햇볕에 그을린 피부, 두려움을 모르는 대담한 눈빛, 주름투성이의 적갈색 얼굴은 야외에서의 생활이 매우 고단했음을 말해주었다. 수염을 기른 턱이 두드러지게 튀어나와 있었는데, 그것은 목적을 정하면 쉽게 물러나지 않는 사람이라는 인상을 주었다. 나이는 쉰쯤 되었을까, 검은 곱슬머리에 희끗한 것이 꽤 섞여 있었다.

아까 보았듯이 일단 화를 내기 시작하면 굵은 눈썹과 고집스럽게 보이는 턱이 무시무시한 표정을 만들지만, 차분하게 있을 때의 얼굴은 그다지 나쁜 인상이 아니었다. 그는 수갑이 채워진 손을 무릎 위에 놓고 고개를 숙인 채, 범죄를 저지른 원인이 되었던 상자를 강한 빛을 발하는 날카로운 눈으로 바라보고 있었다. 그 침착하고 굳은 표정에는 분노가 아닌 슬픔의 빛이 감도는 듯 보였다. 눈을 들어 나를 한 번 쳐다봤는데, 그 눈매에는 어딘지 재미있어하는 기색까지 어려 있었다.

홈즈가 담배에 불을 붙이며 말했다.

"조나단 스몰, 일이 이렇게 되어서 참 안됐군요."

"나도 그렇게 생각합니다. 설마 이번 일로 교수형에 처해지지는 않겠지요? 하늘에 맹세코 말하는데, 나는 바솔로뮤 숄토 씨에게 손도 대지 않았습니다."

"그럼 누가 바솔로뮤 씨를 죽였단 말입니까?"

"그건 지옥의 사냥개 통가의 짓이오. 그놈이 끔찍한 독침을 쏘았소. 나는 그 일과 조금도 관계가 없소. 아니, 오히려 나는 바솔로뮤 씨의 죽음에 진심으로 애도했소. 하지만 이미 엎질러진 물을 주워 담을 수는 없었소."

"담배 한 대 피우시오."

홈즈가 시가를 내밀며 말을 이었다.

"몸이 많이 젖은 것 같은데 위스키도 한 모금 하시오. 그런데 한 가지 물어봅시다."

"얼마든지."

"당신이 밧줄을 타고 올라가는 동안 그렇게 작고 약한 원주민이 어떻게 바솔로뮤 씨를 제압할 거라고 생각했습니까?"

"선생은 꼭 거기에 있던 사람처럼 말하는군. 사실 나는 그 방에 아무도 없을 거라 생각했소. 평상시 같았으면 바솔로뮤 씨가 저녁 식사를 위해 아래층으로 내려가 있을 시간이었으니까."

"역시 당신은 그 집안의 하루 일과를 다 알고 있었군요?"

"그렇소. 이제 아무것도 숨길 것이 없으니 사실대로 다 말하겠소. 그렇게 하는 편이 내게 더 유리할 테니 말이오."

스몰은 담배 한 대를 깊숙이 빨아들이더니 말을 이었다.

"솔직히 그때 죽은 사람이 늙은 소령이었다면 나는 가벼운 마음으로 교수대에 올랐을 거요. 그놈을 찔러 죽이는 것쯤이야 이 담배를 피우는 것만큼이나 쉬운 일이니까. 하지만 나와는 아무런 원한도 없던 숄토 소령의 아들 때문에 감옥에 갈 거라곤 생각조차 못했소."

"당신은 런던 경찰국의 애설니 존스 형사의 손에 넘겨질 거요. 그 전에 존스 형사가 당신을 우리 집에 데리고 올 텐데, 그때 사건의 진상에 대해 자세히 이야기해 주시오. 이 사건과 관련된 모든 사실을 솔직히 털어놓아야 하오. 그렇게 해준다면 나도 당신에게 도움을 줄 거요."

"어떤 도움을 줄 수 있단 말이오?"

"당신이 방으로 들어가기 전에 바솔로뮤 숄토 씨는

이미 사망했다는 사실을 증명해줄 수 있소."

"아니, 어떻게 그걸?"

"독이 생각보다 빠르게 퍼졌다는 걸 내가 증언해줄 수 있다는 거요."

"정말 그랬소. 방 안으로 들어가니 바솔로뮤 씨가 고개를 옆으로 떨어뜨린 채 이상한 표정으로 죽어 있었소. 나를 보고 웃는 것 같은 그 표정 때문에 간이 떨어지는 줄 알았소. 너무나 놀란 나머지 통가를 반쯤 죽여 놓으려 했지. 하지만 통가는 재빨리 도망쳤소. 나중에 듣자하니 그때 당황해서 도망치다가 무기랑 독침도 떨어뜨리고 왔다고 했소."

홈즈가 빙긋 웃으며 말했다.

"바로 그 덕분에 내가 단서를 잡을 수 있었소."

"선생이 여기까지 나를 쫓을 수 있었던 것은 아마 그 때문이겠지. 당신이 어떤 방법을 써서 여기까지 올 수 있었는지는 알 수 없지만 말이오. 하지만 나는 당신을 조금도 원망하지 않소. 생각해보면 우스운 얘기군요."

그는 씁쓸한 미소를 지으며 말을 이었다.

"50만 파운드를 나눠 가질 정당한 권리를 가지고 있는 내가 안다만 제도의 섬에서 방파제를 쌓는 데 반평생을 보냈는데, 이젠 다트무어 교도소에서 땅을 파며

보내야 한다니 말이오. 우연한 기회에 상인 아흐메트를 알게 되었지. 그 때문에 아그라의 보물과 연관된 것이 모든 불행의 시작이었소. 보물을 가진 자는 불행해져요. 숄토 소령은 보물을 손에 넣었기 때문에 평생을 죄책감과 두려움 속에서 살다 갔고, 숄토 소령의 아들은 살해당했으며, 나는 나대로 평생 노예 같은 생활을 하게 됐으니 말이오."

이때 존스 형사가 얼굴과 어깨를 조그만 선실 안으로 들이밀며 말했다.

"분위기 한번 좋습니다. 홈즈 씨, 나도 한 잔 마실 수 있습니까? 이제 서로를 위해 축배를 들어도 되지 않겠습니까? 나머지 한 사람을 생포하지 못한 게 좀 아쉽지만, 그건 어쩔 수 없는 일이었죠. 솔직히 말하면 좀 아슬아슬한 곡예였다고 생각합니다. 증기선을 따라 잡는 것만도 큰일이었지요."

"끝이 좋으면 모든 게 좋은 법이죠. 그건 그렇고, 오로라호가 그렇게 빠를 줄은 몰랐습니다."

홈즈의 말에 존스 형사가 고개를 끄덕이며 말했다.

"스미스의 말에 의하면, 오로라호는 이 템스강에서 가장 빠른 증기선 중 하나라고 합니다. 엔진을 봐줄 사람이 한 명만 더 있었어도 절대로 잡히지 않았을 거라고 하더군요. 그 사람, 이번 노우드 사건에 대해서는 정말 아무것도 몰랐다고 발뺌하고 있습니다."

"그는 아무것도 모르는 게 맞습니다. 내가 그 사람의 배를 고른 것은 빠르다는 소문을 들었기 때문이죠. 그 사람에게는 아무런 말도 하지 않았습니다. 단, 돈은 충분히 쥐여주었죠. 그리고 만약 우리가 그레이브젠드에서 브라질행 에스메랄다호에 무사히 탈 수 있게 되면, 충분한 보수를 추가로 줄 생각이었죠."

조나단 스몰이 아쉽다는 듯이 말을 마치자 존스 형사가 말했다.

"좋아, 만약 잘못한 것이 없으면 부당한 대우를 받지 않도록 힘써주겠소. 우리는 범인을 잡을 때는 바람처럼 빠르지만 벌을 내릴 때는 아주 신중하니까."

자랑하기 좋아하는 존스 형사가 범인을 잡았다는 사실에 기세등등해 잘난 척하는 모습을 보는 것은 아주 재미있는 일이었다. 홈즈가 가볍게 웃고 있는 것으로 보아, 그도 존스 형사의 말을 귀담아 들은 듯했다.

"곧 복스홀 다리에 닿을 겁니다. 거기서 왓슨 선생님은 보물 상자를 가지고 내려주십시오. 말씀드리지 않아도 잘 알고 계시겠지만, 이건 나로서는 중대한 책임을 져야 하는 일입니다. 커다란 규칙 위반이지만 약속은 약속이니까요. 대신 나도 책임상 경관을 한 명 붙여야겠습니다. 엄청난 거액의 물건이니까요. 물론 마차로 가실 생각이시죠?"

존스 형사의 질문에 내가 답했다.

"네, 마차로 갈 겁니다."

"그런데 열쇠가 없습니다. 열쇠가 있으면 여기서 먼저 내용물을 확인할 수 있을 텐데…. 그렇다면 자물쇠를 부술 수밖에 없겠네요. 이봐, 열쇠는 어디 있지?"

존스 형사가 스몰의 어깨를 툭 치면서 물었다.

"강바닥에 버렸소."

스몰이 퉁명스럽게 대꾸하자 존스 형사는 인상을 찌푸리며 짜증스럽게 말했다.

"그렇게 불필요한 말썽을 부려봤자 좋을 게 없어. 그렇지 않아도 너 때문에 우리가 얼마나 고생했는지 알기나 해? 어쨌든 왓슨 박사님, 자꾸 말씀드리는 것 같지만 조심해주십시오. 그리고 나중에 상자는 베이커가에 있는 댁으로 가져오십시오. 우리는 경찰서로 가기에 앞서 우선 거기로 가겠습니다."

나는 무뚝뚝하지만 사람 좋은 경관과 함께 무거운 철제 상자를 들고 복스홀에서 내렸다. 세실 포레스터 부인 댁까지는 마차로 15분 정도 걸렸다. 현관에 나온 하인은 늦은 시간에 찾아온 손님을 보고 깜짝 놀란 듯했다. 하인은 부인이 외출한 상태이며 늦게야 돌아올 것이라고 했다. 하지만 모스턴 양이 거실에 있었기 때문에, 나는 친절한 경관을 마차에 남겨둔 채 상자를 들고 거실로 들어섰다.

그녀는 목깃과 허리에 붉은빛이 조금 들어간 희고 얇은 옷을 입고 활짝 열어젖혀진 창가에 앉아 있었다. 갓을 씌운 램프의 부드러운 불빛이, 등나무 의자에 기대앉아 무거운 표정을 짓고 있는 그녀의 얼굴을 비추고 있었다. 그리고 탐스럽게 감아올린 머리카락이 그 빛을 받아 금속처럼 은은하게 반짝이고 있었다. 그녀는 하얀 팔과 손을 의자 옆으로 축 늘어뜨리고 있었는데, 뭔가 깊은 생각에 빠져 있는 듯했다. 하지만 내 발소리를 듣고 자리에서 벌떡 일어났을 때 그녀의 창백한 얼굴은 점차 놀라움과 기쁨으로 붉은빛이 감돌기 시작했다. 그녀가 두 눈을 반짝이며 내게 물었다.

"마차 소리가 들리기에 포레스터 부인이 뜻밖에도 빨리 돌아오시는 줄 알았어요. 설마 당신이 오리라고는 꿈에도 생각지 못했어요. 이번에는 무슨 소식을 가지고 오셨죠?"

"그 어떤 소식보다 더 좋은 것을 가지고 왔습니다."

상자를 테이블 위에 올려놓으며 밝고 들뜬 목소리로 말했지만 내 목소리와는 반대로 마음은 무거웠다.

“세상의 그 어떤 소식보다도 가치 있는 걸 가지고 왔습니다. 당신의 재산이에요.”

그녀가 상자를 힐끗 한 번 쳐다보고 침착한 어조로 물었다.

“이게 그 보물인가요?”

“그렇습니다. 이게 그 위대한 아그라의 보물입니다. 절반은 당신 몫이고, 나머지 절반은 새디어스 숄토의 몫입니다. 각각 25만 파운드입니다. 생각해보세요. 1년에 1만 파운드의 연금을 받는 셈이지요. 이제 영국에서 당신보다 더 부유한 숙녀는 없을 겁니다. 정말 굉장하지 않습니까?”

내가 기쁨을 표현하는 방법에 조금 과장된 부분이 있었던 듯했다. 그녀는 내 말의 공허한 울림을 알아차렸는지 눈썹을 조금 치켜 올리며 이상하다는 듯이 나를 바라봤다. 모스턴 양이 엷은 미소를 지으며 말했다.

“만약 이 보물이 내 것이 된다면, 그건 전부 선생님 덕분이에요.”

“아닙니다. 내가 아니라 내 친구 셜록 홈즈 덕분이지요. 분석의 천재인 홈즈조차도 단서를 잡는 데 고생했을 정도니, 나 같은 건 아무런 손도 쓰지 못했을 겁니다. 실제로 마지막 순간에 우리는 하마터면 보물을 되찾지 못할 뻔했으니까요."

"왓슨 선생님. 여기 앉아서 그간의 일들을 이야기해 주세요."

나는 그녀의 부탁에 따라 그동안 있었던 일들을 간단하게 설명해주었다. 홈즈의 새로운 수사 방법, 오로라호의 발견, 애설니 존스 형사의 방문, 해가 진 뒤 범인을 잡기 위해 출발한 일, 템스강에서 필사적으로 범인을 추적했던 일까지. 모스턴 양은 입을 반쯤 벌린 채 두 눈을 반짝이며 내가 들려주는 모험담에 귀를 기울였다. 홈즈와 나 사이를 아슬아슬하게 비껴간 독침 이야기를 해주자 그녀의 얼굴은 금방이라도 기절할 것처럼 하얗게 질렸다. 나는 황급하게 물을 따라서 그녀에게 주었다.

"괜찮아요."

그녀는 내가 건넨 물을 한 모금 마시더니 안심하라는 듯 미소를 지었다.

"이제 괜찮아요. 두 분이 저 때문에 그렇게 위험한 일을 당했다니 놀라지 않을 수 없네요."

"이미 모두 끝난 일입니다. 그렇게 큰일은 아니었습

니다. 이제 더 이상 무서운 이야기는 하지 않겠습니다. 지금부터는 좀 더 밝은 얘기를 합시다. 자, 여기 보물이 있습니다. 이보다 더 밝은 것이 있을까요? 그 누구보다도 당신에게 먼저 보여주고 싶어서 특별히 허락을 받아 가지고 온 것입니다."

"그런 한번 보겠습니다."

그녀가 말했지만 그 목소리에는 열의가 조금도 담겨 있지 않았다. 우리가 죽을 고생을 해서 손에 넣은 보물이니 냉담하게 굴면 안 된다는 생각에서 그저 보고 싶었던 것처럼 행동하는 듯했다. 그녀가 상자 위로 몸을 내밀며 말했다.

"정말 아름다운 상자군요! 인도에서 만든 걸까요?"

"그렇습니다. 베나레스에서 만든 금속 세공입니다."

상자를 들어보려던 그녀가 커다란 소리로 말했다.

"무게도 상당한데요. 상자만 해도 굉장히 가치 있겠어요. 열쇠는 어디 있죠?"

"조나단 스몰이 템스강으로 던져버렸어요. 포레스터 부인의 부젓가락을 좀 빌려야겠군요."

상자의 앞면에는 부처의 좌상을 새긴 두껍고 폭이 넓은 자물쇠가 달려 있었다. 나는 그 밑으로 부젓가락의 끝을 집어넣은 뒤, 그것을 지렛대처럼 바깥쪽으로 힘껏 비틀었다. 커다란 소리와 함께 자물쇠가 떨어져 나갔다. 뚜껑을 여는 내 손가락이 떨렸다.

상자 안을 들여다본 우리 두 사람은 너무나도 놀라서 말도 못한 채 멍하니 서 있었다. 상자 안이 텅 비어 있었던 것이다. 그런데도 상자가 무거운 데에는 다 이유가 있었다. 주위에 두른 철판의 두께가 1.5센티미터도 더 되어 보였다. 고가의 물건을 넣기 위해 정성스럽게 만들어진 튼튼한 상자였지만, 그 안에는 보물 하나, 금속 한 조각 들어 있지 않았다.

모스턴 양이 차분하고 조용한 목소리로 말했다.

"보물이 사라졌네요."

그 말을 듣고 그 뜻을 이해한 순간, 내 마음속에 있던 크고 어두운 그림자가 걷히는 듯했다. 상자 안에 보물이 없다는 것을 확인하기까지, 나는 아그라의 보물이 내 마음을 얼마나 무겁게 짓누르고 있는지 확실히 알지 못했다. 그것은 분명 이기적이고 믿음을 저버리는 태도였다. 그러나 그 순간 내 머릿속에는 그녀와 나 사이를 가로막고 있던 황금의 장벽이 사라졌다는 생각만 가득했다.

"오, 하느님! 감사합니다."

급기야 나도 모르게 입 밖으로 속엣말이 튀어나오고

말았다. 모스턴 양이 미소를 머금고 내게 물었다.

"왜 그런 말씀을 하시죠?"

"내 손이 닿는 곳으로 당신이 돌아왔으니까요."

나는 그녀의 손을 살며시 잡았다. 그녀도 내 손길을 피하지 않았다.

"메리, 당신을 사랑합니다. 한 남자의 진심을 알아주십시오. 그동안 보물 때문에 나는 내 마음을 드러낼 수 없었습니다. 하지만 이제 그것들은 사라져버렸습니다. 이제야 나는 내가 당신을 얼마나 사랑하는지 말할 수 있습니다."

내가 그녀의 어깨를 손으로 감싸자 그녀가 조용히 속삭였다.

"그렇다면 하느님께 감사해야겠군요."

그날 밤, 보물을 잃은 사람이 누구든 간에 나는 세상에서 가장 아름다운 보물을 얻게 되었다.

조나단 스몰의 사건 진술

나는 한참 후에야 포레스터 부인의 집에서 나왔다. 마차에서 기다리던 경관은 참을성이 매우 강한 사람이었다. 그는 그때까지도 아무런 불평 없이 나를 기다리고 있었다. 내가 빈 상자를 보여주자 그의 얼굴이 어두워졌다.

"그럼 포상금이고 뭐고 다 끝이군요."

그는 길게 한숨을 내쉬더니 이어 말했다.

"보물이 없으니 당연히 포상금도 없겠지요. 만약 보물이 있었다면 나와 샘 브라운은 오늘 밤 수고한 대가로 10파운드를 받을 수 있었습니다."

"새디어스 숄토 씨는 대단한 부자입니다. 그분은 보물이 있든 없든 사례를 해줄 겁니다."

내가 말하자 경관은 실망한 표정으로 고개를 저으며

말했다.

“그건 안 됩니다. 애설니 존스 형사도 그렇게 생각할 겁니다.”

그의 예상은 적중했다. 베이커가로 돌아가서 빈 상자를 보여주자 존스 형사는 깜짝 놀란 나머지 아무 말도 하지 못했다. 홈즈와 존스 형사는 도중에 계획을 바꿔 경찰서에 들러 일의 점진을 대략 보고한 뒤 지금 막 도착한 참이었다. 홈즈는 평소와 다름없이 덤덤한 얼굴로 팔걸이가 달린 의자에 앉아 있었다. 그리고 그 맞은편에 스몰이 성한 다리 위에 의족을 한 다리를 올려놓고 멍하니 앉아 있었다. 내가 빈 상자를 보여주자 스몰은 의자에 앉은 채 몸을 뒤로 젖히며 큰 소리로 웃었다.

“스몰, 네 녀석 짓이지?”

존스 형사가 화난 얼굴로 묻자 스몰이 온 방 안이 쩌렁쩌렁 울릴 만큼 큰 소리로 외쳤다.

“당연하지요! 당신들 손이 절대 닿지 않는 곳에 숨겨두었답니다. 그 보물은 내 거요. 어차피 내가 가질 수 없다면 그 누구에게도 건네줄 수가 없지요. 말해두겠는데 그 보물은 안다만 교도소에 있는 세 사람과 나 외에는 그 누구에게도 소유할 권리가 없습니다.”

“하지만 그 누구도 보물을 써보지 못하겠지.”

"그래. 불행하게도 우리 네 사람 모두 같은 처지에 놓였소. 나는 그동안 친구들을 대표해서 행동해왔지요. 우리는 항상 네 사람의 서명 아래 행동해왔소."

"과연 그들이 당신의 행동에 찬성할까?"

"당연하지. 그들도 내가 한 일을 잘한 짓이라고 할 거요. 숄토나 모스턴 그리고 그들의 자식들에게 보물을 넘겨주느니 템스강에 던져버리는 게 낫다고 말할 게 분명하오. 우리는 그들을 부자로 만들어주려고 마호메트를 죽인 게 아니오."

"대체 보물을 어디다 둔 거야?"

존스 형사가 분을 참지 못하고 씩씩댔다.

"당신들이 혈안이 돼서 찾고 있는 보물도 열쇠도 모두 통가가 잠든 곳에 함께 가라앉아 있을 거요."

"대체 언제 그랬다는 거지?"

"당신들이 우리 배에 바짝 다가왔을 때 나는 보물을 안전한 곳에 뿌리기 시작했소. 당신들은 애써 나를 쫓아왔지만 동전 한 닢 건지지 못할 거요."

"스몰, 넌 지금 거짓말을 하고 있어."

존스 형사가 무거운 목소리로 말을 이었다.

"네가 진짜로 보물을 강에 던졌다면 너는 분명 상자를 통째로 던졌을 거다. 그게 훨씬 쉬운 일이니까."

영악한 눈빛으로 쏘아보며 스몰이 대답했다.

"내가 간단하게 던질 수 있다면 당신들도 간단하게 찾았겠지. 내 뒤를 쫓을 만큼 영리한 사람에게 강바닥에 있는 상자를 건져 올리는 일쯤은 식은 죽 먹기일 테니까. 하지만 지금 보물은 1킬로미터에 걸쳐 흩어져 있으니 찾는 게 그리 간단하지는 않을 거요. 보물을 버릴 때는 가슴이 미어지는 듯했지. 당신들에게 쫓길 때는 반쯤 미쳐 있었고. 하지만 억울해한들 소용없는 일 아닌가. 지금까지 살아오면서 좋은 일도 겪고 나쁜 일도 겪으면서, 나는 지난 일에 연연하지 않기로 결심했소."

"이건 아주 중요한 문제다, 스몰! 그렇게 정의에 어긋나는 짓을 하다니. 만약 자네가 협조적인 태도를 보였다면, 재판에서 유리하게 작용했을 거야."

"정의라고?"

스몰이 버럭 화를 내며 소리쳤다.

"대체 무슨 정의? 그 보물이 우리 것이 아니라면 대체 누구 것이란 말이오? 보물을 가질 자격이 없는 자들에게 그것을 넘겨주려는 게 당신이 말하는 정의인가? 내가 그 보물을 어떻게 손에 넣었는지 알기나 해? 무려 20년 동안이나 푹푹 찌는 늪지에서 살아야만 했어. 하루 종일 맹그로브 나무 아래에서 일하고, 밤이면 더러운 막사에 갇혀 있었지. 바글바글한 모기떼에 시달리고, 말라리아를 앓고, 백인 죄수 괴롭히는 걸 삶의 낙으로 삼는 흑인 간수들에게 두들겨 맞으며 살아왔단 말이오. 그런 고통과 고생을 겪어가며 아그라의 보물을 손에 넣은 거요."

스몰은 씩씩거리며 두 주먹을 불끈 쥐었다.

"그런데 당신들은 이 고생의 대가를 다른 놈에게 넘겨주지 않는다며 정의를 들먹이고 있어. 대체 이게 말이나 되는 소리요? 완전히 엉뚱한 작자가 내 돈으로 편하게 놀고먹는다는 걸 알면서 감옥으로 들어가고 싶지는 않소. 차라리 몇 번이라도 교수형을 당하거나 통가의 독침을 맞는 편이 낫겠어."

지금까지 스몰은 자신을 잘 억제해왔지만, 이야기가 여기에 이르자 그 가면을 벗어버리고 소리를 질러대기 시작했다. 그의 눈은 불타오르는 듯 빛났으며, 흥분해서 손을 흔들 때마다 수갑이 덜컥이는 소리를 냈다. 그가 흥분하고 화내는 모습을 보면서, 이 사내가 노리고 있다는 사실을 알게 된 숄토 소령이 얼마나 심한 공포에 휩싸였을지 짐작이 갔다. 홈즈가 조용한 목소리로 말했다.

"자네는 우리가 그에 관한 사정을 전혀 모른다는 점

을 잊었군. 우리는 자네의 이야기를 들어본 적이 없으니, 자네가 얼마나 옳은지 알 수 없지 않겠는가?"

"그렇군. 당신은 처음부터 나를 인간적으로 대해줬지. 당신 덕분에 손목에 이런 걸 차게 됐음을 모르는 바는 아니지만, 그렇다고 해서 당신을 원망하지는 않소. 당신은 조금도 잘못한 게 없으니까. 내 이야기를 듣고 싶다니, 전부 말해드리지. 하늘에 맹세코 지금 하는 이야기는 사실이오. 단 한 마디도 거짓을 말하지 않겠소."

홈즈는 스몰에게 물 한 잔을 따라주며 말했다.

"고맙소. 잔은 옆에다 두시오. 얘기하다 목이 마르면 그걸로 입술을 축이시고."

스몰은 짧은 한숨을 내쉬더니 이야기를 시작했다.

***

조나단 스몰은 런던 퍼쇼어 지방의 우스토셔주 출신이었다. 그곳에는 아직도 스몰이라는 성을 쓰는 사람이 많았다. 한동안 스몰은 고향에 가고 싶다는 생각을 여러 번 했다. 그러나 집안에서 자랑스러워할 만한 사람도 아닌 데다 자신을 반길 사람도 없었기에 항상 생각에만 그치곤 했다. 그의 일가친척은 모두 성실하고 착하며 교회에도 열심히 나가는 농부들이었다. 한마디로 그들은 모두 그 지역에서 인정받는 일꾼들이었다. 오직 스몰만이 떠돌이 기질을 참지 못해 나다니며 크고 작은 말썽을 일으키고는 했다.

그가 열여덟 살 되던 해에는 여자 문제로 말썽에 휘말렸다. 스몰은 복잡한 문제를 피하기 위해 인도로 출발하는 보병 제3연대에 입대했다. 하지만 스몰은 군대에서 오래 지낼 운도 아니었다.

겨우 제식 훈련을 마치고 소총 다루는 법을 익혔을 무렵, 스몰은 갠지스 강을 헤엄쳐 건너겠다고 물에 뛰어들었다. 천만다행으로 같은 부대에서 수영의 일인자로 소문난 존 홀더 하사가 함께 수영하고 있었다. 사건은 스몰이 강을 반쯤 건넜을 때 벌어졌다. 갑자기 거대한 악어가 달려들더니 스몰의 오른쪽 다리를 물어뜯어 버린 것이었다. 스몰의 다리는 외과 의사가 잘라내기라도 한 것처럼 깨끗하게 절단되고 말았다.

스몰은 쇼크와 출혈 때문에 그 즉시 정신을 잃었다. 만약 홀더 하사가 스몰을 강둑으로 끌어내지 않았다면 그는 분명 그때 죽었을 것이다. 이후로 5개월 동안 스몰은 병원 신세를 졌고 다리에 의족을 단 절름발이 신세로 퇴원했다. 스몰은 그런 자신의 신세가 한심하기

그지없었다.

“결국 아무짝에도 쓸모없는 군인으로 제대하고 말았구나. 어디 군대뿐인가. 이 꼴로는 다른 일도 제대로 못 할 처지이니….”

스몰은 하루하루 괴로운 심정으로 살았다. 채 스무 살이 되기도 전에 어디에서도 환영받지 못하는 불구자가 되었다는 사실은 그를 비참하게 했다.

그런데 불행은 곧 놀라운 행운으로 이어졌다. 인도에서 건너와 쪽(중국이 원산지인 식물로 콩과에 속하는 열대산 관목) 농장을 시작한 에이블 화이트가 농장감독을 찾고 있었는데, 사고를 당한 뒤부터 스몰에게 각별한 관심을 보여주던 부대 대령이 에이블 화이트의 친구였던 것이다. 덕분에 스몰은 농장감독 자리에 오르게 되었다

사람들은 스몰이 의족 때문에 말을 잘 못 탈 것이라며 걱정했다. 하지만 스몰의 허벅지가 안장에 달라붙어 있을 만큼은 남아 있었기 때문에 한쪽 다리가 없어도 크게 불편하지는 않았다. 스몰은 그곳에서 주로 말을 타고 농장을 살피며 일꾼들을 감시하는 일을 했다. 혹시라도 게으름 피우는 자가 있으면 즉시 보고했다. 임금도 상당히 괜찮았고 숙소도 편했기 때문에 스몰은

자신의 일에 크게 만족했다. 자신의 남은 인생을 거기에서 보내겠다고 결심할 만큼 말이다.

게다가 농장주인 에이블 화이트는 인간성이 아주 좋은 사람이었다. 화이트는 자주 스몰의 숙소에 들러 파이프 담배를 같이 피우기도 했다. 인도 같은 타국에서 백인을 만나게 되면 서로에게 긴밀한 친근감을 느끼기 십상이었다.

하지만 행운은 오래 가지 않았다. 갑자기, 정말 아무런 예고도 없이 세포이(영국 동인도 회사에 고용된 인도인 용병) 반란이 일어난 것이다. 그 일이 있기 전까지만 해도 인도는 아주 평화롭고 고요한 곳이었다. 그런데 어느 날 갑자기 20만 명이나 되는 폭도가 일제히 난동을 부리며 온 나라를 쑥대밭으로 만들었다.

스몰이 일하는 농장은 서북 지방의 국경선 부근에서 가까운 '무트'라는 곳에 있었다. 밤마다 불타오르는 방갈로 때문에 하늘은 온통 빨갛게 물들었다. 그곳에는 매일같이 가족들을 데리고 도망치는 유럽인들이 줄을 이었다. 그들은 스몰이 일하는 농장을 지나 군대가 주둔하고 있는 아그라를 향해 떠났다. 그런데 에이블 화이트는 못 말리는 고집불통이었다.

"이번 사태는 과장되었을 뿐이야. 폭동이 갑자기 일

어난 것처럼 순식간에 조용해질 것이 분명해."

에이블 화이트는 나라 전체가 불바다로 변했는데도 태평하게 베란다에 앉아 위스키를 홀짝거리거나 한껏 멋을 부리며 담배를 피웠다. 스몰은 동료 도슨과 어쩔 수 없이 화이트의 곁을 지켰다. 그런데 홀몸인 스몰과는 다르게 도슨에게는 농장의 사무와 관리 일을 맡아 보는 아내가 있었다.

결국 일이 벌어지고 말았다. 그날 저녁, 스몰은 꽤나 멀리 떨어진 농장에 다녀오는 길이었다. 말을 타고 천천히 돌아오는 중에 가파른 수로 바닥에서 어떤 물체를 발견했다. 스몰은 그것이 무엇인지 보기 위해 말에서 내렸고, 그것의 정체를 알자마자 심장이 멈추는 것만 같았다. 그것은 바로 도슨 부인의 시체였다. 그것도 온몸이 갈기갈기 찢긴 데다 자칼과 들개에게 몸이 반쯤이나 먹힌 상태였다. 조금 더 길을 올라가니 도슨 역시 엎드린 채로 죽어 있었다. 그는 총알이 없는 권총을 꼭 쥐고 있었고, 그의 앞에는 세포이 넷이 쓰러져 있었다. 당황한 스몰은 말을 멈춰 세우고 어느 길로 가야 할지 잠시 망설였다.

바로 그때였다. 방갈로에서 검은 연기가 피어오르면서 시뻘건 불길이 지붕을 뚫고 치솟는 것이 보였다.

"지금 가봤자 화이트 씨를 구하기엔 이미 늦었다. 만약 내가 그쪽으로 달려간다고 해도 내 목숨만 위험해질 거야."

스몰은 이렇게 중얼거리며 고개를 저었다. 스몰이 서 있는 곳에서도 시커먼 악마 수백 명이 불타오르는 집을 둘러싸고 날뛰는 모습이 생생히 보였다. 그들은 붉은 영국 군복을 입고서 고래고래 고함을 질러대고 있었다.

그런데 그중 한 사람이 스몰을 발견하고는 손가락으로 가리키는 것이었다. 그러자 폭도들이 스몰을 향해 총을 쏘아대기 시작했고 총알들이 스몰의 머리 위로 날아들었다. 스몰은 죽을힘을 다해 도망쳤다. 그리고 마침내 그날 밤 늦게 아그라의 성에 무사히 도착할 수 있었다.

하지만 그곳도 그다지 안전하지는 않았다. 물론 나라 전체가 벌집을 쑤셔놓은 것처럼 들썩거렸으니 뭐라고 할 말이 없었다. 그곳에서는 영국인이 몇 명 이상만 모이면 총을 들고 방어에 나섰다. 하지만 다른 지역에서는 도망치는 것이 최선의 선택이었다. 그것은 수백만 명 대 수백 명의 싸움이었다. 더 심각한 문제는 수백만 명의 사람들 중에서 가장 잔인한 이들은 영국군이 직접 훈련시킨 현지인 정예부대라는 것이다. 보병이건, 기병이건, 포병이건 모두 영국군이 가르친 사람들이었다. 그들은 영국 무기를 들고 영국 나팔을 불면서 영국인을 공격했다.

아그라에는 벵갈 퓨질리어 제3연대 보병, 시크교도 약간, 기병대 2개 중대, 포병대 1개 중대가 있었다. 사무원과 상인으로 구성된 의용군이 생겼고, 스몰도 의족을 끌고 입대했다. 7월 초에는 사군지에서 폭도에 맞서 싸웠는데 한동안은 영국군이 우위를 점했다. 그러나 얼마 가지 않아 화력이 떨어지는 바람에 성안으로 후퇴했다. 이후로 사방에서 나쁜 소식만 들려왔다. 그들은 폭동의 중심부에 있었다. 동쪽으로 160킬로미터 정도 가면 러크나우시가 있고, 남쪽으로 그 정도 가면 칸푸르시가 있었다. 어디를 가도 고문, 폭행, 살인이 자행되고 있었다.

게다가 아그라는 광신자와 온갖 종류의 악마 숭배자가 득실대는 도시였다. 미로처럼 좁고 구불거리는 도시에서 스몰의 부대는 길을 잃고 말았다. 어쩔 수 없이 그들은 대장의 지휘에 따라 강 건너편에 있는 옛 성으로 들어갔다.

아그라 성은 이상한 곳이었다. 무엇보다도 그곳은 크

기가 대단했다. 어찌나 넓은지 면적이 몇 에이커나 되는지 가늠하기도 힘들었다. 성에는 현대적으로 지은 건물들도 있었고 방도 수십 개가 넘었다. 그 덕분에 수비대, 여자들, 아이들, 짐 등이 다 들어가고도 여유가 있을 정도였다.

하지만 그렇게 커다란 건물도 오래된 건물에 비하면 아무것도 아니었다. 오래된 건물은 아무도 출입하지 않아 전갈과 지네가 득실거렸다. 텅 빈 커다란 홀과 구불구불한 통로가 있었으며 사방으로 뻗은 긴 회랑이 죽 이어져 있었는데, 만약 잘못 발을 들여놓았다가는 길을 잃기 십상이었다. 그래서 사람들은 횃불을 들고 무리를 지어 그 안에 들어가기는 해도 혼자서 들어가는 사람은 없었다.

성 앞으로 흐르는 강물은 해자 역할을 했다. 하지만 측면과 뒷면에는 수많은 문이 나 있었기 때문에 경비를 세워야만 했다. 경비대는 숙소로 사용하고 있는 곳뿐만 아니라 오래된 건물의 입구까지 지켜야 했으나 인원이 턱없이 부족했다. 성문이 너무 많아서 문마다 보초를 세우는 것은 처음부터 불가능한 일이었다. 그래서 그들은 성 한가운데에 경비본부를 세우고 문마다 백인 한 사람을 책임자로 세우고 원주민 두세 명을 배

치했다. 스몰은 남서쪽에 있는 외딴 문의 야간 경비 책임자로 뽑혔다. 두 명의 시크교도가 그의 밑에 배치되었다.

"무슨 일이 생기면 곧바로 소총을 발사하라. 그러면 경비본부에서 곧바로 지원할 것이다."

상부에서는 이렇게 명령했지만 경비본부는 스몰이 있는 곳에서 200보나 떨어진 곳에 있었다. 게다가 그사이에는 통로와 회랑이 미로처럼 가로놓여 있었다. 만약 진짜 공격을 받았을 때 과연 도움을 받을 수 있을지 의심이 될 정도였다.

그러나 스몰은 두 명의 부하를 지휘한다는 사실이 매우 자랑스러웠다. 자신 역시 신병인 데다 한쪽 다리까지 절룩거리고 있었기 때문이다. 그들은 둘 다 키가 크고 우락부락하게 생긴 전사들로 이름은 마호메트 싱과 압둘라 칸이었다. 칠리언 월러에서 영국군에 대항한 적도 있는 늙은 병사들이었다. 영어도 상당히 유창했지만 그들은 스몰과 영어로 말하는 법이 없었다. 그저 밤새도록 자기들끼리 알아들을 수 없는 시크어로 대화를 나눌 뿐이었다. 스몰은 하는 수 없이 문 밖에 서서 휘어져 흐르는 넓은 강을 내려다보거나 아그라 거리의 화려한 불빛을 바라보았다. 크고 작은 북소리와 마약에

취한 반란군의 고함 소리가 밤새도록 끊이지 않고 울려 퍼졌다. 그 소리를 듣는 스몰의 머릿속은 강 건너편에 있는 위험한 적들에 대한 생각으로 가득했다. 당직 근무를 하는 장교는 두 시간에 한 번씩, 이상이 없는지를 확인하기 위해 순찰을 돌았다.

야간 근무를 선 지, 사흘째 되는 날이었다. 그날은 비바람이 거세게 몰아치고 칠흑같이 어두운 밤이었다. 스몰은 부하들에게 몇 번이나 말을 걸었지만 그들은 한 번도 시원하게 답을 해주지 않았다. 새벽 2시경이 되어서야 야간 순찰을 하는 장교가 와서 겨우 지루함을 달랠 수 있었다. 스몰은 부하들과는 대화가 안 된다는 사실을 인정하기로 하고 파이프를 꺼내들었다. 그리고 성냥을 찾기 위해 잠시 소총을 내려놓았다. 바로 그때였다. 갑자기 두 명의 부하가 스몰에게 달려들었다. 한 명은 재빨리 총을 집어 스몰의 머리에 총구를 겨누었고, 다른 한 명은 시퍼렇게 날이 선 칼을 스몰의 목에 들이대며 위협적으로 말했다.

"한 발짝이라도 움직이면 죽이겠다."

그때 스몰의 머릿속에 가장 먼저 떠오른 생각은 이들이 폭도들과 같은 편이라는 것이었다.

'설마, 이게 공격의 시작인가? 만약 이 문이 세포이

의 손에 넘어가게 된다면 성은 함락된 거나 다름없다. 그러면 부녀자들은 칸푸르 때와 똑같은 꼴을 당하게 되겠지.'

스몰은 목에 닿는 칼끝의 차가운 감촉을 느끼면서도 경비본부에 이 사실을 알려야겠다고 다짐했다. 만약 여기서 죽는다 해도 자신의 의무는 다해야겠다고 생각한 것이다. 그런데 스몰의 목에 칼을 들이댄 병사가 그의 귀에 대고 낮은 목소리로 속삭였다.

"소리 내지 마라. 성은 안전하니까. 지금 여기에는 반란군이 없다."

그 말이 거짓 같지는 않았다. 흘낏 그들의 갈색 눈을 본 스몰은 소리를 지르면 곧바로 죽임을 당하리라는 것을 알아차렸다. 그는 일단 그들이 자신에게 원하는 것이 무엇인지 알아볼 생각으로 잠자코 기다리기로 했다.

"사힙, 내 말을 잘 들어라."

둘 중에 키가 더 크고 사납게 생긴 압둘라 칸이 입을 열었다.

"우리와 함께 행동하든지 이대로 영원히 사라지든지 그건 네가 선택해라. 한시가 급한 일이니 우물쭈물할 시간이 없다. 너희 그리스도의 십자가를 걸고 진정으로 맹세하겠느냐? 아니면 오늘 밤 시체가 되어 저 깊은 강물 속에 처박히겠느냐? 그렇게 되면 우리는 반란군 형제들에게로 돌아갈 테지만 말이야. 선택해, 다른 선택지는 없다."

압둘라는 스몰을 노려보며 위협적으로 이어 말했다.

"죽느냐, 사느냐 어느 쪽이냐? 3분을 줄 테니 빨리 결정해라. 다시 순찰이 오기 전까지 모든 일을 마쳐야 한다."

"대체 뭘 결정하란 말이냐?"

스몰이 답답하다는 듯이 외치고는 말을 이었다.

"너희는 나에게 원하는 것이 무엇인지 아무런 설명도 하지 않았다. 하지만 분명히 들어라. 만약 성의 안전과 관계되는 일이라면 나는 절대로 듣지 않을 것이다. 그 일이라면 차라리 그 칼로 나를 찔러 죽여라."

"이 일은 성의 안전과는 아무런 상관도 없다."

압둘라가 고개를 저으며 답하고는 이어 말했다.

"우리는 너희가 인도에서 찾는 것을 주려고 한다. 우리가 너를 부자로 만들어주겠다. 오늘 밤 우리 편에 가담한다면 네게도 정당한 몫을 줄 것이다. 이 칼에 대고 맹세하마. 우리 시크교도는 절대로 맹세를 어기지 않는다. 보물의 4분의 1은 네 것이다. 그 이상 공평하게 나눌 수는 없을 것이다."

"보물이라니?"

스몰은 전혀 생각지도 못했던 단어를 듣고 깜짝 놀랐다.

"왜? 부자가 되고 싶지 않은가?"

"물론 나는 부자가 되고 싶다. 그런데 대체 보물이 어디에 있단 말이냐?"

압둘라가 근엄한 목소리로 말했다.

"일단 맹세부터 해라. 네 아버지의 뼈에, 네 어머니의 명예에, 너희 기독교도의 십자가에 걸고 맹세해. 지금부터 우리를 배신하는 말과 행동하지 않겠다고 말이야."

스몰이 대답했다.

"맹세하겠네. 요새가 위험에 처하는 일만 없다면."

압둘라가 고개를 끄덕이며 말했다.

"물론이다. 우리는 보물을 4등분으로 공평하게 나누어 네 몫을 줄 것을 맹세하겠다."

"하지만 여기에는 세 사람밖에 없지 않은가?"

스몰이 주위를 두리번거리며 묻자 압둘라가 답했다.

"아니다. 도스트 아크바르에게도 한 몫을 나누어주어야 한다. 그가 오기를 기다리는 동안 사정을 이야기해주지."

압둘라는 마호메트를 보며 말했다.

"마호메트, 너는 성문을 지키고 있다가 그가 오면 바

로 알려다오."

암둘라는 다시 스몰을 보고 이야기를 시작했다.

"사실은 이렇다. 내가 너에게 이런 이야기를 하는 것은 백인들도 맹세를 가볍게 여기지 않는다는 것을 알 뿐만 아니라 네가 믿을 만하다는 것도 잘 알기 때문이다. 만약 네가 거짓을 늘어놓는 힌두교도였다면 상황은 달라졌을 것이다. 네가 아무리 그 거짓 사원에 있는 신들을 모두 걸고 맹세한다 해도 네 몸뚱이는 이미 칼에 찔려 차가운 강물 속으로 가라앉아버렸겠지. 시크교도와 영국인들은 서로를 잘 안다. 그러니 이제부터 내가 하는 말을 잘 들어라."

압둘라는 스몰의 옆에 더욱 바짝 붙어 섰다.

"북부 지방에 영토는 좁지만 꽤나 부유한 군주가 있었다. 그는 선대로부터 많은 재산을 물려받았는데 돈을 쓰기보다는 모아놓기를 좋아하는 구두쇠였다. 그 덕분에 그의 재산은 날이 갈수록 불어만 갔지. 게다가 이번에 난리가 터지자 그 군주는 사자 편도 들고 호랑이 편도 들었다. 한마디로 반란군 손을 잡기도 하고 동인도회사 손을 잡기도 하면서 박쥐처럼 행동했던 거다. 그런데 시간이 지나자 그의 눈에는 백인의 지배가 곧 끝날 것처럼 보였다. 그도 그럴 것이 사방에서 백인이 살해당하거나 대패했다는 소식만 들려왔으니까. 하지만 그는 원래 조심성이 많은 사람이었다. 그래서 일이 어떻게 되더라도 재산의 절반을 지킬 수 있는 묘안을 짜냈지."

"그렇다면 보물을?"

"그래. 금과 은은 궁전 금고에 남겨두고 자신이 모아둔 귀한 보석과 최상품 진주는 철제 상자에 담았다. 그리고 상인으로 변장시킨 하인에게 상자를 아그라의 요새로 옮기라고 명령했다. 평화가 올 때까지 그곳에 감춰둘 생각이었겠지."

"만약 반란군이 승리하면 금과 은이 남고, 동인도 회사가 승리하면 보석이 남을 테니까?"

"맞아. 아무튼 재산을 나눠서 보관하기로 결심한 군주는 세포이 편에 가담했다. 그의 영지에서는 그쪽이 훨씬 우세했으니까."

"그렇다면 그 하인은?"

"아흐메트라는 이름의 그 가짜 상인은 지금 아그라시에 들어와 있다. 그는 어떻게 해서든지 성안으로 들어올 기회를 노리고 있지."

"그런데 그 사실을 어떻게 알게 되었나?"

"아흐메트는 여행 도중에 도스트 아크바르를 만나 동행했다. 도스트 아크바르는 나와 의형제를 맺은 사이다. 아흐메트에게 비밀을 전해들은 그는 내게 그 사실을 전했다. 그리고 오늘 밤, 성의 뒷문으로 그를 데려오겠다고 내게 약속했다."

"그것이 바로 이 문이겠군."

"그렇다. 여기는 외진 곳이지. 게다가 그들이 여기에 오는 것을 아는 사람은 아무도 없어. 우리는 아흐메트를 죽이고 군주의 막대한 보물을 차지할 생각이다. 어떤가, 사힙?"

압둘라는 턱을 치켜들고 스몰의 대답을 기다렸다. 스몰은 속으로 생각했다.

'내가 태어난 우스터셔주에서는 사람의 목숨이 가장 중요하고 성스러운 것이라고 가르친다. 하지만 지금 내가 있는 곳은 어떠한가? 어디를 둘러봐도 시체가 널려 있고 피비린내가 진동한다. 사람의 목숨은 한낱 파리 목숨처럼 하찮을 뿐이다. 이런 일상을 매일같이 겪고 보니 죽음도 익숙해지는구나. 좋다! 아흐메트가 죽건 말건 나와는 아무런 상관이 없다.'

스몰은 압둘라의 제안을 받아들이기로 작정했다. 보물에 대한 미련을 버릴 수 없었던 것이다. 그는 보물을 갖고 영국으로 돌아가 무엇을 할까 생각해보았다. 또 사람 구실 못한다고 손가락질 당하던 그가 주머니에 금화를 가득 넣고 나타나면 고향 사람들이 어떤 표정을 지을까도 생각했다. 스몰은 이미 마음을 굳혔다. 그런데 압둘라는 그가 망설인다고 생각했는지 자꾸만 재촉했다.

"사힙! 잘 생각해봐라. 만일 아흐메트가 수비대에 잡히면 어차피 교수형이나 총살형을 당하게 될 것이고 보물은 고스란히 정부에 압수당하겠지. 그렇게 되면 누구도 동전 한 닢 얻지 못할 게 분명하다. 그러느니 우리가 정부를 대신해 가짜 상인을 체포한 다음, 나머지 일을 처리하는 게 낫지 않겠나? 보물이 동인도 회사의 금고로 들어가는 대신 우리의 주머니에 들어오는 걸 상상해보란 말이야. 우리 네 사람은 큰 부자가 될 것이고, 우리 말고는 이 사실을 아무도 모를 것이다. 자, 이제 결정해라! 우리 편에 설 것인가, 아니면 우리를 적으로 삼겠는가?"

스몰은 압둘라의 눈을 똑바로 쳐다보며 말했다.

"너희와 행동을 같이하겠다."

"아주 잘 생각했군."

압둘라는 스몰에게 총을 돌려주며 이어 말했다.

"당신도 우리처럼 맹세를 반드시 지키리라고 믿는다. 이제 내 의형제 아크바르가 아흐메트를 데리고 오기를 기다리는 일만 남았다."

"그런데 당신의 의형제도 이 계획을 알고 있나?"

스몰이 묻자 압둘라가 답했다.

"이것은 모두 아크바르가 세운 계획이다. 이제 문 앞으로 가서 마호메트 싱과 함께 보초를 서도록 하자."

우기가 시작될 무렵이라 때마침 비가 거세게 쏟아지고 있었다. 시커먼 구름이 하늘을 뒤덮고 있었기 때문에 한 치 앞도 분간하기 힘들 정도였다. 그들이 지키는 문 앞에는 깊은 해자가 있었는데, 군데군데 물이 마른 곳이 있어서 건너기 어렵지는 않았다. 스몰은 사나운 펀자브 사람 두 명과 그곳에 서서 죽음을 향해 걸어오는 사람을 기다리고 있었다.

그때 갑자기 해자 저편에서 불빛이 반짝이는 것이 보였다. 불빛은 흙더미 뒤로 잠깐 사라졌다가 다시 나타나더니 우리를 향해 서서히 다가오기 시작했다. 스몰이 소리쳤다.

"왔다!"

압둘라가 소리쳤다.

"사힙! 보통 때처럼 당신이 수하(암호를 확인하는 것)를 하라. 일단 저 녀석을 안심시킨 다음, 우리와 함께 안으로 들어가게 해야 한다. 뒷일은 우리가 알아서 할 테니, 당신은 여기서 망을 보도록! 그리고 그 녀석이 맞는지 확인할 수 있도록 램프를 비출 준비를 해라."

불빛은 잠시 멈추었다 움직였다 하면서 이쪽으로 천천히 다가왔다. 마침내 해자 건너편 둑 위로 그림자 두 개가 나타났다. 두 사람은 경사진 둑을 미끄러져 내려와 진흙탕을 첨벙거리며 건너왔다. 그리고 문 아래쪽 둑을 기어오르기 시작했다. 스몰은 그들이 둑을 절반쯤 올라올 때까지 기다렸다가 수하를 했다.

"누구냐?"

스몰이 작은 소리로 묻자 역시 낮은 소리로 대답이 들려왔다.

"친구들이오."

스몰은 램프 덮개를 벗기고 소리가 나는 쪽으로 불을 비춰보았다. 앞장서 올라온 사람은 몸집이 큰 시크교도였다. 그는 시커먼 수염을 거의 허리까지 드리우고 있었다. 다른 한 사람은 작고 통통한 남자로 노란 터번을 머리에 두툼하게 감고 있었다. 그는 천으로 싼 물건을 손에 들고 있었다. 터번을 쓴 사내는 두 손을 부들부들 떨 정도로 두려워하고 있었다. 그는 구멍에서 막 튀어나오려는 생쥐처럼 작고 반짝이는 두 눈을 연신 깜빡였다. 스몰은 그가 곧 죽임을 당할 것이라고 생각하자 온몸에 소름이 돋았다. 하지만 애써 보석을 떠올리면서 마음을 단단히 다잡았다. 그는 스몰이 백인이란 걸 알아보자 환호성을 지르며 달려왔다.

"사힙! 저를 도와주십시오."

그는 숨을 헐떡이며 간절하게 애원했다.

"불쌍한 상인 아흐메트를 보호해주십시오. 저는 아그라 성에 피난처를 구하려고 라즈푸타나에서 왔습니다."

"왜 이곳으로 오려 하느냐?"

"저는 회사 편을 들었다는 이유로 가진 것을 모두 빼앗기고 몰매까지 맞았습니다. 그래도 오늘 밤은 운이 좋은 모양입니다. 얼마 안 되는 재산을 가지고 이곳까지 안전하게 왔으니 말입니다."

"손에 들고 있는 건 뭐냐?"

"이건 그냥 철제 상자입니다. 이 안에는 집안 대대로 전해지는 물건 몇 개가 들어 있을 뿐입니다. 다른 사람에게는 아무런 가치도 없는 것들이지만 제게는 더할 나위 없이 귀한 물건들이지요. 하지만 나는 거지가 아닙니다. 말씀드린 대로 안에 들어가게만 해주신다면 당신과 사령관에게 사례하겠습니다."

스몰은 더 이상 그 사람과 이야기를 나눌 자신이 없었다. 겁먹은 그의 통통한 얼굴을 보고 있자니 마음이 약해져서 그를 냉혹하게 죽게 둘 수 없을 것만 같았다. 빨리 이야기를 끝내는 게 가장 좋은 방법이라고 생각했다.

"이 사람을 본부로 끌고 가라."

스몰이 말하자 두 시크교도가 양옆에 바싹 달라붙었고 커다란 사내가 뒤에 바싹 붙었다. 그들은 그대로 어두운 문 안으로 들어갔다. 그토록 빈틈없이 죽음의 신에 둘러싸이게 된 사람도 없을 것이다. 스몰만이 램프를 든 채로 문 앞에 남아 있었다.

그들이 걸어가는 규칙적인 발소리가 회랑에 울려 퍼졌다. 그런데 갑자기 치고받는 요란한 소리가 들렸다. 그 직후 누군가가 숨을 헐떡이며 맹렬한 기세로 달려오는 소리가 들리는가 싶더니 검은 그림자가 회랑에서 빠져나왔다. 당황한 스몰이 회랑 입구를 램프로 비춰보았더니, 그 뚱뚱한 사내가 피투성이가 된 얼굴로 미친 듯이 도망쳐오고 있었다. 그리고 그 바로 뒤로 검은 수염을 기른 거인이 손에 든 칼을 휘두르며 호랑이처럼 돌진해오고 있었다.

스몰은 아흐메트처럼 발이 빠른 사람을 본 적이 없었다. 결국 두 사람의 거리는 점점 벌어졌다. 스몰은 '이대로 내 앞을 지나 밖으로 나간다면 사내는 목숨을 구할 수 있을지도 모른다.'라고 생각했다. 스몰은 순간

적으로 그를 돕고 싶은 마음이 들었지만, 곧 보물을 생각해내고는 마음을 굳게 다잡았다. 결국 스몰은 사내가 앞을 지나갈 때 총을 다리 사이에 던져 넣었다.

아흐메트는 총에 맞은 토끼처럼 두 번이나 구르더니 나가떨어졌다. 그가 비틀대며 일어서려고 하자 시크교도가 달려들어 칼로 배를 두 번 찔렀다. 아흐메트는 신음 소리 한 번 내지 못하고 근육 하나 제대로 움직이지 못한 채 쓰러졌던 곳에 다시 고꾸라졌다. 스몰은 어쩌면 아흐메트가 쓰러질 때 목뼈가 부러졌을지도 모른다고 생각했다.

***

스몰은 잠시 이야기를 멈추고는 수갑을 찬 손으로 홈즈가 따라놓은 위스키 잔을 집어 들었다. 솔직히 말하자면 나는 말로 표현할 수 없을 만큼 이 사내가 두려웠다. 이 사내가 저지른 냉혹하기 짝이 없는 사건도 사건이지만, 그것을 이야기할 때 보이는, 냉정하고 담담한 모습 때문이었다. 그 어떤 벌을 받게 되더라도 나는 이 사내를 눈곱만큼도 동정하지 않을 것이다.

홈즈와 존스 형사는 두 손을 무릎에 올려놓은 채 스

몰의 이야기에 푹 빠져 있었다. 하지만 그들의 얼굴에도 나와 똑같은 혐오감이 드러났다. 스몰도 우리의 표정 변화를 눈치챈 모양이었다. 다시 이야기를 이어나가는 그의 목소리는 아까보다 훨씬 도전적으로 변해 있었다.

"정말 몹쓸 짓을 했습니다. 하지만 목숨을 내놓고 그런 일을 벌인 이상 자기 몫을 거절할 사람이 과연 몇이나 되겠소? 그리고 아흐메트가 성안에 발을 들여놓은 이상, 그와 나 둘 중의 하나는 죽어야 할 운명이었소. 만약 그가 도망쳐서 사건의 진상이 밝혀졌다면 나는 군법회의에 회부되어 총살형을 당했을 거요. 그 당시는 그런 일에 엄하게 대처했으니까."

"얘기를 계속해보게."

홈즈가 무뚝뚝하게 사내를 재촉했다.

***

압둘라, 아크바르, 스몰은 아흐메트의 시체를 요새 안으로 옮겼다. 아흐메트는 키가 작은 편이었지만 몸무게는 상당히 무거웠다. 마호메트는 그 자리에 남아서 보초를 섰다. 시크교도들은 시체를 숨겨놓을 곳을 미리 준비해둔 상태였다. 그곳은 문에서 상당히 떨어진 곳이었다. 그들이 구불구불한 회랑을 지나 한참 내려가자 텅 빈 넓은 홀이 나왔는데, 그곳의 벽이 거의 무너져 있었다. 그 옆으로 바닥이 움푹 파여 무덤처럼 보이는 곳이 있었다. 그들은 아흐메트의 시체를 그 안에 내려놓고 무너진 벽의 벽돌 더미로 덮어버렸다. 그리고 보물 상자를 찾기 위해 원래의 자리로 되돌아왔다.

보물 상자는 아흐메트가 처음 공격당했을 때 떨어뜨린 자리에 그대로 놓여 있었다. 열쇠는 상자 위의 조각된 손잡이에 비단 끈으로 묶여 있었다. 그들은 떨리는 가슴을 애써 진정시키며 상자를 연 뒤 램프를 비춰보았다. 그 상자 안에는 그들이 평생 구경하기조차 힘든 보물이 잔뜩 들어 있었다. 어찌나 눈이 부신지 눈을 뜨고 있기조차 힘들 정도였다.

"어린 시절에 동화책에서나 보았던 보물을 실제로 보게 될 줄이야!"

스몰의 입에서는 절로 감탄사가 쏟아져 나왔다. 한참 동안 입을 벌린 채 보물을 구경하던 그들은 상자 안의 보물을 모두 꺼내 목록을 작성했다. 거기에는 최상품 다이아몬드가 무려 143개나 들어 있었다. 그중 하나는 '위대한 무굴'이라는 이름으로 불리는, 세계에서 두 번째로 크다고 알려진 다이아몬드도 있었다. 그리고 에메랄드 97개, 루비 170개도 있었는데, 그중에는 아주 작은 것도 섞여 있었다. 그 외에 석류석 40개, 사파이어 210개, 마노 61개 그리고 셀 수 없이 많은 양의 녹주석, 오닉스, 묘안석, 터키석 등이 있었다. 스몰은 보물을 발견했을 당시만 해도 보물의 이름을 잘 몰랐다.

그런데 처음 보물을 열었을 때는 질 좋은 진주도 300개 들어 있었다. 그중 12개는 금관에 박혀 있었는데 그것만은 누군가가 상자에서 꺼냈는지, 그가 이번에 상자를 되찾아 열어보았을 때 그 안에 없었다.

목록을 다 작성한 네 사람은 꺼내놓은 보물을 다시 상자에 집어넣었다. 그리고 보물 상자를 문 앞으로 가져가 마호메트에게 보여주었다.

"드디어 목적을 달성했다. 하지만 서로를 위해 비밀을 지키겠다는 맹세를 반드시 지켜야 한다."

압둘라가 나머지 세 사람을 일일이 쳐다보며 힘주어 말했다.

"일단 보물을 안전한 장소에 숨겨두었다가 이 소란이 끝나면 공평하게 배분합시다. 어차피 지금 나누어봤자 쓸 수도 없을 테니 말이오."

"맞소. 이 정도로 값비싼 보물을 갖고 있다가 들키기

라도 하는 날엔 의심을 살 게 뻔합니다."

그들은 모두 보물을 숨기자는 의견에 동의했다. 그런데 성안에는 개인 공간이 없었기 때문에 보물을 숨길 장소가 마땅치 않았다. 성 밖의 상황도 마찬가지였다.

"일단 시체를 묻어놓은 홀로 갑시다."

압둘라의 말에 세 사람은 재빠르게 움직였다. 그들은 홀 안의 무너진 벽 중에서 가장 튼튼한 부분을 골라 벽돌 몇 장을 들어내 그 구멍 안에 상자를 감추었다. 또 헷갈리지 않도록 그 장소의 위치를 표시해두었다.

다음 날 스몰은 네 장의 지도를 만들어 모두에게 한 장씩 나누어주었다. 그리고 지도 아래에 네 사람의 서명을 써넣었다.

"지금 여기에 하는 서명은 절대로 다른 사람을 배신하지 않겠다는 맹세나 다름없소. 이 맹세만큼은 하늘이 무너져도 지킬 것을 약속하시오."

한자리에 모인 네 사람은 결연한 표정으로 고개를 끄덕였다.

얼마 후 세포이 반란이 드디어 끝났다. 윌슨이 델리를 점령하고 콜린 경이 러크하우를 수복하자 반란군의 기세가 확 꺾인 것이다. 영국군이 계속 투입되자 나나 사힙은 간신히 국경을 넘어 달아나버렸다. 그리고 그레이트헤드 대령이 이끄는 유격대가 아그라로 진입해 나머지 반란군을 완전히 소탕했다. 나라 안은 다시 평안해졌다.

'드디어 보물을 나눠 가질 때가 되었구나.'

네 사람은 다들 곧 부자가 될 것이라는 희망에 들떠 있었다. 그런데 얼마 후 아흐메트 살해범으로 네 사람이 체포되면서 그 희망은 산산이 부서지고 말았다. 완전범죄라고 생각했던 그들은 도대체 어떻게 사실이 밝혀진 것인지 몹시 궁금했다. 그 해답은 바로 아흐메트를 가짜 상인으로 보낸 군주에게 있었다. 군주는 아흐메트가 매우 충직했기 때문에 그에게 보물 상자를 맡겼다. 하지만 불쑥 의심이 들었던 그는 아흐메트보다 더 충성심이 강한 하인을 불러들였다.

"아흐메트의 뒤를 쫓아라. 조금이라도 허튼짓을 하면 즉시 내게 알려라."

그 하인은 군주의 명령에 따라 아흐메트를 그림자처럼 따라다녔다. 그리고 사건이 발생한 그날 밤, 그 뒤를 쫓아와 아흐메트가 성안으로 들어가는 모습을 본 것이었다. 아흐메트가 성안에 피신처를 구했을 거라고 생각한 그 하인은 날이 밝자마자 자신도 허가를 받아 성안으로 들어갔다. 하지만 아흐메트의 모습은 어디에도 없었다. 이를 수상하게 여긴 하인은 경비대 중사에게 이 사실을 알렸다. 그러자 중사는 다시 사령관에게 보고했고 그 즉시 수사 명령이 떨어졌다. 급하게 구성된 수색대는 성안을 샅샅이 조사했다. 그리고 결국 아흐메트의 시체를 발견했다.

이렇게 해서 네 사람은 희망에 부푼 그 순간, 살인죄로 체포되어 재판에 회부되었다. 넷 중 세 사람은 그날 밤 문을 지키고 있었다는 것, 나머지 한 사람은 아흐메트와 동행했다는 것이 재판 중에 밝혀졌다.

그러나 재판 과정에 보물에 관한 이야기는 한마디도 나오지 않았다. 그때 이미 군주가 폐위되어 나라에서 추방당했기 때문이다. 그 덕분에 보물에 관해 문제를 제기할 사람은 한 명도 없었다. 그렇다고 살인죄가 없어지는 것은 아니었다. 게다가 네 사람이 범행에 가담했다는 증거도 뚜렷했다. 결국 시크교도 세 사람은 종신형을 받았고, 스몰은 사형을 선고받았다. 하지만 얼마 후 스몰도 나머지 사람들과 똑같이 종신형으로 감형되었다.

이제 네 사람은 참으로 희한한 처지에 놓이게 되었다. 그들 모두는 어마어마한 저택에서 왕처럼 살 수 있을 정도로 부자였다. 하지만 그들은 다리에 족쇄를 차고 다시는 담장 밖을 구경하기 힘든 신세였다. 엄청난 재산이 교도소 밖에 잠들어 있는데 더러운 감방에서 쌀밥에 맹물로 배를 채우며 하찮은 관리들에게 구타를 당하고 있자니 속이 꺼멓게 타들어갔다. 아니, 스몰은 그대로 미쳐버릴 것만 같았다. 그러나 그는 매우 고집이 센 사람이었다. 그는 흔들리는 마음을 다잡으며 묵묵히 기회가 오기만을 손꼽으며 기다렸다.

그리고 마침내 그때가 왔다. 스몰은 아그라에서 마드라스로 그리고 다시 안다만 제도의 블레어 섬으로 이송되었다. 안다만 교도소에는 백인 죄수가 적은 데다 처음부터 얌전하게 행동했기 때문에 금세 특별대우를 받게 되었다. 그는 헤리엇 산기슭에 위치한 호프타운에 막사를 하나 얻어 혼자 지낼 수 있게 되었다.

그런데 그곳은 몹시 무덥고 열병이 기승을 부리는 아주 끔찍한 곳이었다. 게다가 그들이 개간한 땅 건너편에는 시도 때도 없이 독침을 쏘아대는 식인종이 들끓었다. 한마디로 최악의 조건이었다. 죄수들은 땅을 갈고 도랑을 파서 마를 재배했다. 하지만 그들이 할 일은 그것 말고도 산더미처럼 많아서 낮에는 잠시도 시간을 내기가 힘들었다. 늦은 저녁때가 돼서야 겨우 개인 시간을 가질 수 있을 정도였다.

스몰은 이런저런 많은 일을 했는데, 군의관의 일을 도우면서 약을 조합하는 법을 배우게 되었고, 의학에 관한 지식도 조금 얻을 수 있었다. 그러는 동안에도 늘 도망칠 기회를 엿보고 있었지만, 어느 섬으로 가든 몇 백 마일이나 되는 바다를 건너야만 했고, 바다에는 거의 바람이 불지 않아서 도망친다는 것은 거의 불가능에 가까운 일이었다.

군의관인 소머튼은 놀이와 내기를 좋아하는 청년으로, 밤이면 젊은 사관들이 그의 숙소로 몰려들어 카드놀이를 하곤 했다. 스몰이 약을 조제했던 진료실은 그의 숙소 바로 옆에 있었는데, 두 방 사이에는 조그만 창이 하나 나 있었다. 스몰은 외로워지면 종종 진료실의 불을 끄고 그 창가에 서서, 군인들의 이야기를 엿듣거나 카드놀이를 몰래 구경했다.

스몰은 카드놀이를 꽤 좋아하는 편이라, 남들이 하는 것을 지켜보기만 하는데도 꽤 재미있었다. 그곳에 모이는 사람들은 정해져 있었는데, 주둔군을 지휘하는 숄토 소령, 모스턴 대위, 브룸리 브라운 중위 등의 원주민 부대 지휘관, 군의관, 두어 명의 간수가 주요 멤버였다. 그들은 늘 모여서 게임을 했는데, 간수들의 카드 실력이 보통이 아니어서 언제나 빈틈없고 안전한 수로 판을 이끌어나갔다. 모두 아주 즐겁게 게임을 즐겼다.

그런데 얼마 지나지 않아서 스몰은 한 가지 희한한 사실을 깨달았다. 항상 군인들은 지기만 하고 간수들만 이긴다는 것이었다. 그렇다고 속임수를 쓰는 것도 아니었는데 결과는 늘 그랬다. 알고 보면 그 이유는 별것 아니었다. 간수들은 안다만 제도에 온 이후로 카드 외엔 달리 할 일이 없어서 늘 하다 보니 상대의 수를 훤히 꿰뚫어봤던 것이고, 군인들은 그저 심심풀이로 하는 게임이라 승패에 그리 신경 쓰지 않았던 것이다.

아무튼 군인들은 밤마다 돈을 잃었다. 가장 많은 돈을 잃은 이는 숄토 소령이었다. 처음에 그는 지폐와 금화를 판돈으로 냈지만 얼마 지나지 않아서는 약속어음을 쓰기 시작했다. 그 어음은 점점 고액으로 변했다. 물론 어쩌다가 돈을 따서 기분 전환을 하는 경우도 있었지만, 그다음에는 어김없이 더 많은 돈을 잃었다. 소령은 하루 종일 화난 얼굴로 안절부절못했으며, 몸을 해칠 정도로 술을 마시기 시작했다.

어느 날 밤, 소령은 참담할 만큼 큰돈을 잃고 말았다. 그때 스몰은 막사 앞에 앉아 있었는데, 숄토 소령과 모스턴 대위가 비틀거리는 걸음걸이로 그 앞을 지나 숙소로 돌아가고 있었다. 두 사람은 절친한 사이였기 때문에 어디를 가든 항상 함께 다녔다. 그때 소령이 돈을 잃은 것에 대해 푸념을 늘어놓는 소리가 들려왔다.

"이젠 완전히 끝장이야, 모스턴. 사표를 낼 수밖에 없겠지. 나는 파멸일세."

모스턴 대위가 소령의 어깨를 두들기며 말했다.

"그런 소리 말게! 나도 지금 곤경에 처해 있다네. 하지만…."

스몰이 들은 이야기는 여기까지였다. 그러나 그것만으로도 충분했다. 그날 밤, 스몰은 어떤 생각을 하느라 밤을 꼬박 새웠다.

이틀 뒤, 혼자 바닷가를 산책하는 숄토 소령을 발견한 스몰은 곧바로 그에게 접근했다.

"소령님, 잠깐 드릴 말씀이 있습니다."

소령이 물고 있던 담배를 입에서 떼며 물었다.

"아, 스몰. 무슨 일인가?"

"숨겨둔 보물을 누군가 높은 사람에게 넘겨주어야 좋을지 소령님께 한번 여쭈어보고 싶었습니다. 솔직히 말씀드리자면, 저는 50만 파운드의 보물이 숨겨진 곳을 알고 있습니다. 하지만 저는 그것을 쓸 수 있는 입장이 못 되니, 그럴 바에는 차라리 정부에 그것을 넘겨주는 편이 낫지 않을까 고민 중입니다. 그렇게 하면 형기를 줄여줄지도 모르니까요."

"자네, 지금 50만 파운드라고 했나?"

소령은 신음과도 같은 한숨을 내쉬며 스몰의 말이 사실인지 확인하기 위해 그의 얼굴을 빤히 쳐다보았다.

"그렇습니다, 소령님. 각종 보석과 귀한 진주입니다. 주인이 없어 누가 가져도 문제될 게 없습니다. 원래 주인은 지금 추방당해서 자기 재산으로 삼을 수 없는 상황입니다. 따라서 보물은 먼저 손에 넣은 사람의 것이 됩니다."

"정부다, 스몰. 정부에 넘겨야지."

하지만 스몰은 소령의 더듬거리는 소리를 듣고는 이미 자기의 계략에 걸려들었음을 알 수 있었다.

"그래서 말인데요. 이 사실을 총독 각하께 보고하는 것이 좋을까요?"

스몰이 태연하게 묻자 소령이 말했다.

"아니, 그렇게 서두를 필요는 없다. 나중에 후회할 수도 있으니 말이야. 일단 그 보물에 대해 더 이야기해다오. 있는 그대로 자세하게 말이다."

스몰은 숄토 소령에게 그동안의 일들을 사실대로 말해주었다. 다만 보물을 숨긴 장소를 알지 못하도록 몇 가지 사실에는 거짓말을 섞었다. 스몰이 이야기를 끝낸 뒤에도 숄토 소령은 깊은 생각에 잠긴 채 멍하니 서 있었다. 입술이 파르르 떨리는 것으로 보아 마음속에 갈등이 요동치는 것이 분명했다. 그는 한참 후에야 입을 열었다.

"이건 아주 중요한 일일세, 스몰. 누구에게도 그 이야기를 해서는 안 돼. 빠른 시일 안에 다시 한 번 만나세."

그로부터 이틀 후, 소령은 친구인 모스턴 대위를 데리고 램프로 길을 비추어가며 한밤중에 스몰의 오두막으로 찾아왔다.

"스몰, 전에 했던 얘기를 자네가 직접 모스턴 대위에게도 말해주기 바라네."

소령이 말하자 스몰은 전과 다름없는 얘기를 들려주었다.

"거짓말은 아닌 것 같지? 해볼 만한 가치가 있지?"

소령의 말에 대위가 고개를 끄덕였다. 다시 소령이 말했다.

"잘 듣게, 스몰. 나는 이 친구와 함께 진지하게 이야기를 나눈 뒤 이런 결론을 내렸다네. 아무리 생각해봐도 자네가 말한 이 비밀은 정부가 관여할 문제가 아니라 자네 한 사람에게만 국한된 문제라는 걸세. 따라서 상부에 보고할 필요 없이 자네가 가장 좋다고 생각하는 방법으로 처리해도 상관없을 듯하네. 그리고 자네가 대가로 무엇을 원하는지, 그 조건만 맞는다면 우리가 대신 처리해줄 수도 있네."

소령은 최대한 침착하게 아무렇지도 않은 어조로 말했지만, 눈빛은 흥분과 욕망으로 번득이고 있었다.

"그렇습니까? 제 처지에 할 수 있는 요구라야 뻔하지 않겠습니까? 내가 자유의 몸이 될 수 있도록, 세 친구도 자유의 몸이 될 수 있도록 도와주십시오. 그러면 두 분에게도 보물의 5분의 1을 드리겠습니다."

"흠! 5분의 1이라고? 그다지 입맛이 당기지는 않는구먼!"

"한 사람 앞에 5만 파운드입니다."

"하지만 어떻게 자유의 몸이 될 수 있도록 도와주지? 그건 불가능한 이야기라는 걸 자네도 알고 있지 않나."

"그렇지 않습니다. 그 방법에 대해서는 아주 세세한 부분에 이르기까지 이미 생각해둔 게 있습니다. 탈출에 가장 큰 장애가 되는 것은, 바다를 건널 배와 바다를 건널 동안 먹을 식량이 없다는 것입니다. 캘커타나 마드라스에 가면 쓸 만한 범선이 많이 있을 겁니다. 배 한 척만 구해주십시오. 아무도 모르게 밤에 올라타겠습니다. 인도 해안 아무 곳에나 내려주시면 두 분의 역할은 끝나는 겁니다."

"한 사람이라면 어떻게 해보겠지만…."

"모두 함께 나갈 수 없다면 없던 얘기로 하겠습니다. 우리 네 사람은 언제나 행동을 같이하기로 맹세했습니다."

"모스턴, 스몰은 신의가 있는 사람일세. 이런 상황에서도 친구들을 배신하지 않지 않나. 충분히 믿을 만한 이야기일세."

숄토 소령의 말에 모스턴 대위가 대답했다.

"별로 내키지 않지만, 자네 말대로 돈만 있다면 우리는 장교의 지위를 내놓지 않아도 되겠지."

소령이 말했다.

"좋았어, 스몰. 자네가 원하는 대로 하겠네. 물론 그 전에 자네 얘기가 사실인지 조사할 필요가 있겠지만 말이야. 보물 상자가 숨겨진 곳을 말하게. 그러면 내가 휴가를 내서, 이번 달에 오는 교대선을 타고 인도로 들어가 조사해볼 테니."

상대가 적극적으로 덤벼들수록 스몰은 더욱 냉정하게 말했다.

"너무 그렇게 서두르지 마십시오. 나머지 세 친구의 승낙도 받아내야 합니다. 이미 말씀드렸듯이 우리는 네 사람이 함께 행동하기로 약속했습니다."

소령이 거친 어조로 말했다.

"답답한 소리 말게! 검둥이 세 녀석이 우리의 약속과 무슨 관계가 있단 말인가?"

"검든 하얗든 친구니까요. 무슨 일이든 우리는 함께 합니다."

어쨌든 이 문제를 해결하기 위해서 모든 사람이 다시 한 번 모일 필요가 있었다. 그 자리에는 마호메트 싱, 압둘라 칸, 도스트 아크바르도 있었다. 이렇게 두 번에 걸친 모의 끝에 결론을 내릴 수 있었다. 네 사람은 우선 장교들에게 보물이 숨겨져 있는 벽의 위치를 표시한, 아그라 요새의 지도를 넘겨주기로 했다.

숄토 소령이 이야기의 진위를 살피기 위해 인도로 가기로 했다. 상자를 확인하면 그것은 그대로 거기에 둔 채, 식량을 실은 소형 요트를 러틀렌드 섬 앞바다까지 가져오기로 했다. 네 사람이 어떻게 해서든 그 요트에 도착하면 소령은 다시 군대에 복귀하고, 이번에는 모스턴 대위가 휴가를 얻어 아그라에서 네 사람과 만나 보물을 나누기로 했다. 소령의 몫도 대위가 거기서 함께 받기로 했다.

지금까지 어떤 인간도 생각해낸 적이 없으며 입으로 말해본 적이 없을 정도로 엄숙한 맹세로 네 사람은 군게 약속했다. 스몰은 밤새도록 펜을 들어 두 장의 지도를 준비해, 네 사람의 서명—압둘라, 아크바르, 마호메트, 스몰—을 적어 넣었다.

그런데 숄토 소령은 인도로 떠난 뒤 두 번 다시 모습을 드러내지 않았다. 그로부터 얼마 후 모스턴 대위가 우편선 승객 명단에 소령의 이름이 올라가 있는 것을 보여주었다. 삼촌이 돌아가시면서 상당한 재신을 물려주셨기에 군대를 떠났다는 얘기였다. 어쨌든 숄토 소령은 네 사람과 모스턴 대위를 그런 식으로 배반하고도 아무렇지도 않은 사람이었다.

그 뒤 모스턴 대위가 바로 아그라로 가봤는데, 짐작대로 보물은 어디에도 없었다. 그 배신자가 비밀스럽게 나눈 약속은 하나도 지키지 않은 채 보물을 통째로 가지고 달아난 것이었다.

그날 이후부터 스몰은 오직 복수의 칼을 갈며 살아왔다. 밤낮으로 복수만을 꿈꾸는 그에게 법은 이미 두려움의 대상이 아니었다. 복수심에 사로잡힌 스몰은 교수형을 당해도 상관없다고 생각했다.

"반드시 숄토를 찾아내 그놈의 숨통을 끊어놓겠다. 그 일에 비하면 아그라의 보물은 아무것도 아니다."

지금까지 스몰은 결심했던 일은 반드시 해냈다. 하지

만 기회가 올 때까지 몇 년을 기다려야 한다는 사실은 사람을 미치게 했다.

그러던 어느 날이었다. 군의관 소머튼이 열병으로 앓아 누워 홀로 일을 보고 있을 때 죄수들이 숲에서 발견했다며 조그만 안다만 원주민 한 명을 데리고 왔다. 중병에 걸려 회복할 가능성이 없자 마을에서 떨어진 곳으로 혼자 죽으러 왔던 것이었다. 뱀처럼 독기를 품고 있는 젊은 녀석이었는데, 2~3개월 치료해주었더니 완전히 나아서 걸어 다닐 수 있게 되었다. 그런데 녀석은 스몰이 마음에 들었는지 숲으로 돌아가지 않고 언제나 스몰의 오두막 주변을 맴돌았다. 스몰은 그에게 안다만 부족의 말을 조금 배웠다. 이후로 원주민은 스몰을 더 따르게 되었다.

녀석의 이름은 통가였는데, 배를 아주 잘 다루었으며 크고 널찍한 카누도 가지고 있었다. 스몰은 통가가 자신을 위해서라면 무슨 짓이라도 할 만큼 헌신적이라는 사실을 잘 알고 있었다. 그는 드디어 탈출 기회가 왔음을 깨달았다. 스몰은 이 문제에 대해 통가와 의논했다. 당연히 통가는 스몰의 탈출을 돕기로 했다.

"경비를 세우지 않는 오래된 선착장으로 배를 끌어다 놓겠습니다."

"좋아. 배가 준비되면 물통을 여러 개 준비해라. 또 마와 야자열매, 고구마 같은 식량을 많이 준비해놓아라."

통가는 성실하고 믿음직한 사람이었다. 스몰은 통가야말로 세상에서 가장 충실한 벗이라고 생각했다.

약속한 날 밤이 되자 통가는 카누를 타고 선착장으로 왔다. 그런데 하필이면 그곳에 교도관이 한 명 와 있었다. 그의 이름은 '파탄'으로 비열하기 짝이 없는 인물이었다. 그는 걸핏하면 스몰을 모욕하고 괴롭혔다. 스몰은 언젠가는 그에게 복수하리라고 벼르고 있었는데, 마침내 그 기회가 찾아온 것이었다.

'섬을 떠나기 전에 놈에게 진 빚을 갚을 수 있겠구나. 하늘이 도우셨다!'

파탄은 스몰 쪽으로 등을 돌린 채 카빈총을 어깨에 메고 바닷가에 서 있었다. 스몰은 그의 머리통을 부숴버리겠다는 생각으로 돌멩이를 찾아보았다. 하지만 그만한 크기의 돌은 보이지 않았다.

그 순간 정말 기발한 생각이 떠오르면서 아주 가까운 곳에 무기가 있음을 깨달았다. 스몰은 어둠 속에 앉아서 의족을 풀었다. 그리고 한쪽 다리만으로 세 걸음을 뛰어가 파탄의 뒤통수를 향해 의족을 힘껏 휘둘렀다. 지금 스몰이 차고 있는 의족의 금 간 부분은 바로 이때 생긴 자국이었다. 파탄이 카빈총으로 그를 겨누었지만 있는 힘껏 내리쳐 놈의 이마를 깨뜨렸다. 둘은 하나가 되어 땅 위에 뒹굴었다. 하지만 스몰이 일어났을 때 놈은 완전히 숨통이 끊긴 채 축 늘어져 있었다.

드디어 스몰은 통가가 몰고 온 배에 올라탔다. 한 시간가량 항해하자 배는 안다만 해안에서 멀리 떨어진 바다로 나올 수 있었다. 통가는 기다란 대나무 창을 비롯한 무기와 신상(神像)을 비롯해 온갖 소지품을 챙겨왔다. 안다만 사람들이 코코넛 껍질로 만든 돗자리가 있었는데, 스몰은 그것으로 돛을 만들어 달았다. 두 사람은 열흘 동안 운명에 몸을 맡긴 채 항해를 계속했다. 그리고 마침내 열하루가 되는 날, 말레이 순례자들을 태우고 싱가포르에서 지다로 가던 상선에 구조되었다. 배 안의 순례자들은 하나같이 이상한 사람들이었지만, 통가와 스몰은 금세 그 분위기에 적응했다. 사실 그들로서는 좋은 점이 더 많았다. 스몰과 통가를 둘만 있게 내버려두고 아무것도 묻지 않았기 때문이다.

이후로 두 사람은 세계 곳곳을 돌아다녔다. 몇 번이나 런던으로 가려고 했지만 항상 안 좋은 일이 터지는 바람에 뜻을 이루지 못했다. 그러나 스몰은 한시도 자신의 목적을 잊어본 적이 없었다. 그는 밤마다 숄토 소령을 죽이는 꿈을 꾸었다.

마침내 두 사람은 지금으로부터 약 4년 전에야 영국에 도착할 수 있었다. 그들이 숄토 소령의 집을 찾는 것은 식은 죽 먹기였다. 스몰은 숄토 소령이 보물을 팔아치웠는지, 아니면 가지고 있는지를 우선 알아보았다.

그리고 그 일을 도와줄 만한 사람—스몰은 끝내 그 사람의 이름을 말하지 않았다. 불이익을 당하게 하고 싶지 않았기 때문이다.—을 친구로 사귀었다. 그의 도움으로 스몰은 숄토 소령이 아직까지 보물을 갖고 있다는 사실을 알아냈다. 이후로 스몰은 숄토 소령에게 복수하기 위해 백방으로 노력했지만 허사였다. 숄토 소령은 생각보다 훨씬 더 교활하고 빈틈이 없었다. 두 아들과 인도인 하인 외에도 권투 선수 두 명이 항상 그의 곁을 지키고 있었던 것이다.

그러던 어느 날, 놈이 죽어간다는 말을 듣게 되었다. 간신히 여기까지 쫓아와서 이제 거의 다 잡은 거나 다름없는데 이렇게 허무하게 보내야 한다니 미쳐버릴 것만 같았던 그는 곧장 숄토 소령의 집으로 달려갔다.

"이런 식으로 내 손에서 빠져나가는 건 용납할 수 없어."

스몰은 이렇게 중얼거리며 숄토 소령의 집 창문으로 안을 들여다보았다. 숄토 소령은 죽은 듯이 누워 있었고 양옆으로 두 아들이 서 있었다. 스몰이 방 안으로 들어가 세 사람을 상대로 한바탕 복수극을 벌이려는 순간, 놈의 고개가 툭 떨어졌다. 스몰은 놈이 죽었다는 사실을 알 수 있었다.

그날 밤, 스몰은 놈의 방으로 들어가 보물을 숨겨놓은 장소를 기록해놓은 메모라도 없을까 해서 방 안을 뒤졌다. 하지만 방 안에서는 아무것도 발견하지 못했다. 문득 스몰은 나오기 전에 적개심을 드러낼 무언가를 하나쯤 남겨둬야겠다는 생각이 들었다. 나중에 시크교도들을 만나 이 사실을 전달하면 그들이 기뻐하리라. 스몰은 지도에 적었던 것처럼 '네 사람의 서명'이라고 쓴 종이쪽지를 숄토 소령의 가슴에 꽂아두었다. 숄토 소령에게 보물을 도둑맞은 것도 분한데 아무런 증표도 없이 깨끗하게 무덤으로 보내주기는 싫었기 때문이다.

그 무렵 스몰은 축제가 열리는 곳에 통가를 데리고 다녔다. 그곳에서 통가를 검둥이 식인종이라고 선전하고 다니며 사람들에게 구경시키고 돈을 받아 생계를 꾸렸다. 통가는 사람들 앞에서 날고기를 뜯어먹었으며, 전장으로 나가는 용사의 춤을 추었다. 그렇게 하루를 일하고 나면 언제나 모자 가득 동전이 모였다. 그러는 동안에도 변함없이 폰티체리 저택에 관한 감시를 늦추지 않았다. 그런데 몇 년 동안은 아들들이 보물을 찾고 있다는 것 외에는 별다른 정보가 들어오지 않았다.

그러던 어느 날, 스몰이 간절히 기다리던 소식이 전해졌다. 보물이 발견된 것이다. 보물은 바솔로뮤 숄토의 화학 실험실 천장에 숨겨져 있었다. 스몰은 당장 그 집으로 달려가 주위를 살펴보았다. 하지만 의족을 하고서는 도저히 지붕까지 올라갈 수 없었다. 그래도 지붕에 들창이 있다는 사실과 저녁 식사 시간이 언제인지에 대한 정보는 알아낼 수 있었다.

스몰은 통가의 도움을 받으면 문제를 쉽게 해결할 수 있을 거라고 생각했다. 그는 통가의 허리에 긴 밧줄을 맨 다음 지붕 위로 올려 보냈다. 통가는 고양이처럼 날렵하게 몸을 움직이더니 들창을 통해 집 안으로 들어가는 데 성공했다. 하지만 예상치 못했던 사건이 발생하고 말았다. 통가가 그때까지 방 안에 남아 있던 바솔로뮤 숄토를 독침으로 살해하고 만 것이다. 스몰이 밧줄을 타고 들어갔을 때 통가는 우쭐한 표정으로 방 안을 돌아다니고 있었다. 그는 자신이 칭찬받을 일을 했다고 생각했던 것이다.

"이런 멍청한 놈! 피에 굶주린 악마 녀석! 누가 사람을 마구 죽이라고 했느냐?"

스몰은 통가를 향해 마구 밧줄을 휘둘렀다. 스몰의 반응에 놀란 통가는 어쩔 줄 몰라 하며 기겁했다. 스몰은 애써 냉정을 되찾고 일단 보물 상자를 창밖으로 내렸다. 그런 다음 밧줄을 타고 방을 빠져나갔다. 물론 이번에도 방을 빠져나오기 직전 탁자 위에 '네 사람의 서명'이라고 적은 종이쪽지를 남겨두었다. 통가는 스몰이 아래로 내려간 것을 확인한 다음에 밧줄을 끌어올렸다. 그리고 창문을 안에서 잠근 뒤 들어갔던 천장 구멍을 통해 다시 밖으로 빠져나왔다.

이후로 스몰이 오로라호를 선택한 것은 순전히 속도 때문이었다. 사람들에게서 스미스의 증기선이 가장 빠르다는 이야기를 듣고 스미스를 만나 곧바로 계약했다.

"항구까지 우리를 안전하게 데려다주면 더 많은 돈을 주겠소."

이 말을 들은 스미스는 의심스러운 눈초리로 스몰을 쳐다보았다. 하지만 스미스는 자세한 내막을 몰랐고 스몰이 제시한 액수에 큰 관심을 보였다.

***

"지금까지 내가 말한 내용은 모두 사실이오. 내가 이

이야기를 털어놓은 것은 당신들을 즐겁게 해주기 위해서가 아니오. 내가 당신들에게 그럴 필요는 전혀 없지. 단지 나는 진실을 밝힘으로써 숄토 소령이 얼마나 나쁜 짓을 했는지 그리고 바솔로뮤 숄토의 죽음이 나와 아무런 상관이 없음을 알리고 싶었을 뿐이오. 세상에 널리 알리는 것이야말로 나를 방어하는 최상의 방법이니까."

스몰은 말을 마친 뒤 이마에 맺힌 땀을 닦아냈다.

"아주 인상적인 진술이었네."

홈즈가 입을 열었다.

"흥미로운 사건에 걸맞은 결론이로군. 하지만 당신들이 직접 밧줄을 가지고 갔다는 사실을 제외하면 내게는 새로울 게 없는 이야기였소. 다른 사실에 대해선 이미 알고 있었으니까. 그런데 통가가 지붕에서 내려올 때 떨어뜨린 독침이 그가 가진 전부이길 바랐는데, 배에서 우리에게 한 방 날렸더군."

"그때 통가가 독침을 전부 잃어버린 것은 사실이오. 당신들에게 쏜 독침은 대롱에 남아 있던 것이었소."

홈즈가 피식 웃으며 말했다.

"아, 그렇군. 그 생각은 미처 못 했소."

"더 묻고 싶은 것이 있습니까?"

죄수가 상냥하게 묻자 홈즈가 답했다.

"아니, 이젠 없소. 고맙소."

존스 형사가 말했다.

"그건 그렇고, 홈즈 씨, 당신은 이번 사건 해결에 공을 세운 사람이며, 범죄 감식의 대가라는 사실도 잘 알고 있습니다. 하지만 의무는 의무입니다. 두 분이 요구한 일은 이미 충분히 들어드렸다고 생각합니다. 이 이야기꾼을 확실하게 감옥에 넣어야만 나는 마음을 놓을 수 있을 것 같습니다. 마차가 아직 기다리고 있고, 경찰 두 명이 아래에서 우리를 기다리고 있습니다. 두 분 모두 협력해주셔서 대단히 감사합니다. 물론 재판이 열리면 참석해주셔야 할 겁니다. 나는 그만 가봐야겠습니다. 안녕히 계십시오."

존스 형사를 따라 일어서며 조나단 스몰이 말했다.

"두 분 모두 안녕히 계십시오."

방에서 나가며 존스 형사가 어림없다는 듯 말했다.

"스몰, 네가 앞장서서 나가라. 네가 안다만에서 간수를 어떻게 처리했건 간에, 어쨌든 나는 그 의족에 맞지 않도록 주의해야 할 것 아니야."

그들이 나간 뒤로 홈즈와 나는 말없이 담배를 피웠다.

"아, 드디어 이 짧은 연극도 막을 내렸군,"

내가 먼저 침묵을 깨고 말했다.

"이 사건을 마지막으로 나는 더 이상 자네의 추리학을 연구할 수 없을 것 같네. 모스턴 양이 내 청혼을 받아주었거든."

아주 침통한 얼굴로 신음 소리를 낸 홈즈가 말했다.

"그렇게 될 것 같았네. 솔직히 말하자면 축하해주고 싶은 마음은 별로 없군."

나는 마음이 조금 상했다.

"내 선택에 만족하지 못할 이유라도 있나?".

"절대 그렇지 않아. 모스턴 양은 내가 지금까지 보아온 아가씨들 중에서 가장 매력적인 아가씨였고, 이번 사건을 푸는 데에도 상당한 도움을 주었다네. 틀림없이 이 방면에 재능이 있는 사람일세. 아버지의 서류 속에서 아그라의 지도를 찾아서 가지고 있었다는 사실만 봐도 알 수 있지. 하지만 사랑은 감정적인 것이 아닌가. 감정은 내가 무엇보다도 존중하는 냉정하고 올바른 이성과 상반되는 것이라네. 나는 절대로 결혼하지 않을 걸세. 감정 때문에 판단력이 흐려져서는 안 되니까 말이야."

홈즈의 말에 내가 웃으며 말했다.

"걱정할 것 없네. 내 판단력은 그런 시련을 견뎌낼 수 있을 걸세. 그건 그렇고 자네 피곤해 보이는군."

"벌써 반작용이 시작된 것 같아. 한 일주일 정도는 넝마처럼 축 늘어져 있을 걸세."

"자네는 정말 알 수 없는 사람이야. 게으름뱅이라고밖에 보이지 않는 기간과 놀랄 정도의 정력과 활력이 폭발하는 기간이 번갈아가면서 찾아오니 말일세."

내가 말하자 홈즈가 대답했다.

"맞아. 내 안에는 지독한 게으름뱅이 기질과 활달한 활동가의 기질이 공존하고 있어. 이따금씩 나는 '자연이 인간을 창조한 것은 안타까운 일이다. 인간은 때에 따라서 위인도, 악한도 될 수 있기 때문이다.'라는 괴테의 말을 생각한다네."

잠시 그 말을 생각하는 듯 눈을 감은 홈즈가 말을 이었다.

"그런데 노우드 사건에서 말이야. 내가 짐작한 대로 집 안에 공범자가 한 사람 있었던 게 분명해."

"그게 누굴까?"

"그건 바로 집사 랄 라오일 걸세. 그렇다면 커다란 그물을 쳐서 물고기를 한 마리 잡은 공로는 전부 존스 형사가 차지하게 될 걸세."

"그건 불공평하군. 이번 사건은 전부 자네가 해결했는데, 나는 아내를 맞이하게 되었고, 존스 형사는 명예를 획득했군. 그렇다면 자네에게 남겨진 것은 뭐지?”

홈즈가 흘깃 탁자 위를 쳐다보며 말했다.

“내게는 이 코카인이 아직 남아 있지 않은가.”

그러면서 셜록 홈즈는 그 길고 하얀 손가락을 뻗었다.

작품 해설

『네 사람의 서명(The Sign of Four)』은 셜록 홈즈를 주인공으로 하는 시리즈의 작품 중 하나다. 셜록 홈즈 시리즈의 첫 번째 작품인 『진홍빛 연구』에 이은 두 번째 시리즈로, 첫 번째 작품을 출간한 지 3년 후인 1890년에 출간되었다. 발표 당시의 영어 제목은 'The Sign of the Four'였으나 작자의 요청으로 'the'가 빠지게 되었다.

『진홍빛 연구』가 영국에서 별 호응을 얻지 못한 것에 비하면, 『네 사람의 서명』은 미국뿐만 아니라 영국 본토에서도 큰 주목을 받았다. 이로 인해 아서 코난 도일은 안과 의사 생활을 접고 작가로 살아갈 것을 결심하게 되며, 다음 해인 1891년부터 「보헤미아의 스캔들」을 시작으로 셜록 홈즈 단편 시리즈를 《스트랜드 매거진》에 연재한다.

『네 사람의 서명』은 『진홍빛 연구』와 마찬가지로 주로 왓슨 박사의 시점으로 서술된다. 셜록 홈즈와 존 왓슨 박사의 만남부터 시작되는 전작에 비교해, 추리적 요소가 더 커지고 셜록 홈즈를 주인공으로 전면에 내세우고 있다. 작품 후반부의 긴장감 넘치는 추격 장면은 추리소설의 면모를 더욱 돋보이게 하는 장치라 할 수 있다.

『네 사람의 서명』은 『진홍빛 연구』의 사건이 발생하고 7년 후의 이야기를 다루고 있다. 실종된 아서 모스턴 대위의 딸 메리 모스턴이 베이커가를 찾아와 사건을 의뢰하며 바솔로뮤 숄토의 미스터리한 죽음 그리고 아그라의 보물에 얽힌 흥미진진한 이야기가 펼쳐진다. 한편 이 작품에서 왓슨 박사는 평생의 반려자를 만나게 된다.

작가 연보

1859년 스코틀랜드 에든버러시의 피커디 플레이스에서 왕립 건설원 관리인이던 아버지 찰스와 어머니 메어리 사이에서 넷째로 태어남.

1871년 스토니 허스트에 있는 예수회 칼리지 예비교 호더 학원에서 3년간 수학 후 그해에 칼리지에 입학.

1875년 가을에 스토니허스트 학교 교장의 권유로 오스트리아의 페르트키르히 학교로 유학.

1876년 뛰어난 성적으로 페르트키르히를 졸업한 후 에든버러 대학 의과에 입학. 가계를 돕기 위해 의사의 조수로 일함. 은사였던 조셉 벨 교수는 독특한 유머와 날카로운 관찰력을 지닌 사람으로, 후에 홈즈의 모델이 된다.

1881년 대학을 졸업함. 의사 자격을 획득한 뒤 아프리카

서해안을 항해하는 화물선의 선의(船醫)로 승선함.

1882년 포츠머스시 교외에 위치한 사우스시에서 병원을 개업.

1885년 의학 박사 학위를 획득. 8월 6일에 루이즈 호키스와 결혼.

1886년 전부터 동경해오던 포와 가보리오의 영향으로 탐정 소설을 쓰기로 결심함. 홈즈 시리즈 최초의 작품 〈진홍빛 연구〉를 완성하지만, 출판사에서 출판을 원하지 않아 이듬해에 발표됨.

1889년 역사소설인 『마이커 클라크』가 출간되어 인기를 얻음.

1891년 런던에서 안과 전문의로 개업했지만 뜻대로 되지 않자, 의사생활을 정리하고 전업 작가가 되기로 함. 〈스트랜드〉지에 홈즈 시리즈의 단편들을 차례로 발표함.

1892년 〈스트랜드〉지에 발표되었던 열두 개의 단편들을 모아 『셜록 홈즈의 모험』이라는 단편집을 출간.

1893년 〈스트랜드〉지 12월호에 발표되었던 〈마지막 사건〉을 끝으로 홈즈 시리즈를 끝냄.

1894년 두 번째 단편집인 『셜록 홈즈의 추억』을 출간.

1899년 보어 전쟁이 일어나자 군의관으로 남아프리카

전선에서 종군함.

1900년 애국적인 작품 『대보어 전쟁』을 출간.

1902년 독자들의 요청으로 다시 홈즈 시리즈를 집필.

1905년 세 번째 단편집 『셜록 홈즈의 귀환』을 출간.

1906년 아내 루이즈가 사망함.

1907년 제인 레키와 재혼. 서식스주로 이주함.

1912년 SF 소설 『잃어버린 세계』를 출간.

1917년 〈스트랜드〉지에 단문 〈셜록 홈즈 씨의 성격에 대한 소고〉를 발표. 네 번째 단편집인 『셜록 홈즈의 마지막 인사』를 출간.

1927년 다섯 번째 단편집 『셜록 홈즈의 사건집』을 출간.

1930년 7월 7일. 윈돌 섬의 자택에서 사망.